ハーレクイン文庫

頬を染めた幼な妻

マーガレット・ローム

茅野久枝 訳

JN172929

HARLEQUIN
BUNKO

LORD OF THE LAND

by Margaret Rome

Published by Harlequin Japan, a Division of K.K. HarperCollins Japan, 2022

頬を染めた幼な妻

◆主要登場人物

フランシス・ロス……………………鳥類学者である父親の助手。
フランシス……………………………フランシスの父親。故人。
ロマネス・デル・ノマダス・イ・アキラ……スペイン人伯爵。愛称ロム。
ベルナルド・リベラ…………………ロムの友人。自然保護区の管理人。
マリア・ペラルタ……………………ロムの幼なじみで元婚約者。
ゴンザレス・カルロス・ペラルタ……マリアの父親。ケサダ侯爵。
サベリタ………………………………ロムの館の家政婦。
クルヴァト……………………………ロムの友人。
フルーレ………………………………クルヴァトの妻。

1

　フランシスが空港で拾ったタクシーは、夕方近くになってようやく目的地に着いた。前方に見える白亜の建物は素朴でありながら印象的なたたずまいで、手前には砂利敷きの庭が広がっている。タクシーはそこをさらに進み、建物の正面に設けられたオーク材の大きな古いドアの前で止まった。

「セニョリータ、ロシオの館だよ！」

　タクシーの運転手は建物に向かってぞんざいに手を振ってみせた。ここはかつてスペイン人貴族の狩猟用のロッジだったが、いまは宿泊施設になり、自然保護区を訪れる科学者たちの拠点ともなっている。ロシオの自然保護区はヒースや松の生える広大な荒野で、数多くの鳥たちがヨーロッパとアフリカを往復する渡りの途中で休んで餌を食べたり、場合によっては冬じゅうとどまって繁殖したりしている。

「ありがとう……グラシアス」

　運転手はガムを噛《か》むのに忙しく、車を降りるフランシスに手を貸そうともしない。彼女は苦労して後部ドアを開け、自力で外に出た。フランシスが大きなスーツケースをトランクへ入れてもらわず、足元に運びこんでしまったために、もらえるはずのチップにありつけず、へそを曲げているようだった。

車内からスーツケースを引っ張りだすのに苦労していると、きつい叱責の声が耳を打ち、フランシスははっと背中を伸ばした。その言葉は運転手に向かって投げつけられたものだった。

「なまけ者め《ランギド・パセアンテ》、体を動かさないか《ムエヴエテ》、早く《プロント》！」

驚いて見あげると、男性が石段を駆け下りてきてタクシーに近づき、スペイン語でさらに罵りの言葉を浴びせた。フランシスにはよく聞き取れないほど早口だった。

遅ればせながら、運転手はフランシスに手を貸すために車を降りた。しかし、彼女のそばまで来はしたものの、さっきの男性が駆け寄ってくるのを見ると、足を止めてあとずさった。

どうやら男性は、この運転手を生まれながらに無礼で義侠心《ぎきょうしん》に欠けるなまけ者だと非難しているようだった。

「わたしのことで彼を叱らないでください、セニョール。手を貸してもらう必要はありません。自分でなんとかできますから」ふたりをとりなそうとして、フランシスはおずおずと言った。

スペイン人の男性は驚いた顔になり、フランシスに目を向けた。「イギリスの方だったのか。それなら、なおのこと申し訳ないことをした、セニョリータ。女性をさげすむだけでもひどいのに、外国から来た方に無礼を働くとは、まったくこの男の態度は許せない。それに、こんな辺鄙《へんぴ》な場所になぜわざわざひとりでいらっしゃったのか……わけをきいてもかまいませんか？　友人を訪ねて、あるいは道に迷われたとか？」

「どちらでもありません。このロシオの館に滞在する予定なんです。フランシス・ロスと申します」彼女は答え、ハンドバッグの中をかきまわし始めた。

スペイン人の男性の顔から気遣いの表情が消えた。彼の口元がこわばり、まなざしが疑わしげなものに変わるにつれ、フランシスは彼に罵られた運転手になったような気がした。

「自己紹介をさせてもらいます、セニョリータ。ぼくはドクター・ベルナルド・リベラ、ロシオ自然保護区の管理をしています。たしかにドクター・フランシス・ロスの予約を受けています。ドクター・ロスは著名な鳥類学者で、とても詳細かつ学識豊かな著作が何冊もある。どの本のカバーにも著者の写真が載っているが、そこに写っているのはひげをたくわえた年配の人物で、間違いなく男性です」彼の口調はひどく冷たかった。

この数カ月、フランシスは必死になって自分の気持ちを抑え、彼女を気遣って食事の会や何かの催しへと誘ってくれる友人たちに、気丈な姿を見せてきた。だが、心の中の喪失感は増すばかりで、少しでも父親のことに触れられると冷静ではいられなくなる。彼女は灰色の瞳を曇らせながらも、努めて悲しみの表情は出すまいとした。

「わたしは語尾が〝ｃｉｓ〟ではなく〝ｃｅｓ〟のフランシス、亡くなったドクター・ロスの娘なんです」彼女は感情を抑えた口調で応じた。

「亡くなった……」ドクター・リベラは驚きにしばし言葉を失った。

旅の疲れもあり、彼の口から父を悼む言葉を聞かされたら、フランシスは泣きだしてしまいそうだった。だから、あわてて説明を始めた。

「父の死は突然の出来事でした。病気ひとつしたことのない人だったのに、なんの前触れもなく、心臓発作で……。あなたとは頻繁に手紙のやりとりをしていたんですよね、ドクター。わたしは父の手紙や原稿を入力したり、著書の校正刷りを直したり、旅行の手配を手伝ったりしていましたから、よく知っています。父はこのロシオ自然保護区を訪れてあなたと直接会うことを、とても楽しみにしていました。とくに、ヨーロッパでも非常に珍しい鳥の一種で、この自然保護区をおもな営巣地にしているイベリア・カタシロワシの生態を研究する貴重な機会が得られると、とても興奮していました」

涙ぐんでいることをドクター・リベラに気づかれまいと、フランシスは目をしばたたいた。いまの彼女が最も必要としているのは、ひとりになって休息できる部屋だった。

泣きくずれてしまいそうになるのをかろうじてこらえながら、フランシスはハンドバッグから紙幣を数枚取りだし、見るからに居心地悪げにしている運転手のほうへ差しだした。

「グラシアス、金額はこれでよかったですね」

「ちょっと待て《ウン・モメント》！」玄関先に現れた悲しげな女性のためなら、どんな役にでも立とうとするかのように、ドクター・リベラは運転手より先に紙幣をつかんで金額を調べた。

彼は軽蔑するような目で運転手をにらみつけ、紙幣を取り分けて、かなりの枚数をフランシスのハンドバッグに戻した。

「うせろ《マルチャテ》！」ドクター・リベラは残りの紙幣を運転手に渡しながら言った。彼は運転手に背を向け、その場にはもうふたりしかいないような態度でフランシスに顔を向けた。「ロシオの館へようこそ、セニョリータ」

ドクター・リベラはほほ笑み、フランシスの肘に手を添えて、オーク材の玄関ドアへと続く石段に導いた。

「話したいことはたくさんありますが、説明などいつでもいい。まずはゆっくり休んでください」

フランシスは感謝の笑みを浮かべた。ドクター・リベラは彼女を促して玄関ドアを抜けると、広い玄関ホールを横切りながらメイドに声をかけ、客人を部屋まで案内するよう言いつけた。

フランシスがつややかに磨かれた階段をのぼろうとしたとき、後ろから彼に呼び止められた。

「ぼくたちスペイン人は夕食の時間が遅いんです、セニョリータ。とくに、今夜は特別なゲストを迎える予定で、その方が用件をひとつ片づけてから来ることになっているので、ふだんより遅くなります。この方はあなたのお父さんの研究を高く評価していて、お父さんがアンダルシアにいらっしゃる最初の日にご自身で歓迎したいと、都合をつけていたんです。安易な連絡手段は使わない主義なので、事情が変わったと連絡するのは無理でしょう。でも、娘のあなたがいらっしゃれば、その方も必要以上に落胆せずにすむと思います。長旅でお疲れのところをすみませんが、セニョリータ、夕食は十時ごろになりますから、少し休憩されたあとで同席していただけませんか。伯爵はとても喜ぶと思います」

フランシスはためらい、階段の手すりに片手をかけて疲れた体を支えながらドクター・リベラを見やった。本当なら断りたいところだった。

今朝夜が明けてすぐ家を出てから、永遠にも等しい時間が過ぎたような気がしていた。バスや電車を乗り継ぎ、イギリスの空港から国際便でスペインへ、そこから国内便でアンダルシアへ……空港や通りの騒音や雑踏に疲れ果てていた。

しかし、ドクター・リベラは質問したいことがたくさんあるはずで、それでも親切に彼女を気遣ってくれている。その〝伯爵〟というのがどんな人物であれ、父の研究を評価してくれている人なら、やはり尊重するべきだろう。

「では同席させていただきます、ドクター。すみませんが、九時ごろ起こしてくれるように手配してもらえますか」フランシスは力なくほほ笑みながら答えた。彼女の顔色は悪く、灰色の瞳は靄《もや》のかかった湖のようだった。

広々とした寝室に入ると、メイドが窓の鎧戸《よろいど》を閉めてカーテンを引いてから、フランシスにバスルームを見せた。壁一面に美しいタイルが張りめぐらされ、鏡や洗面台、真っ白なタオルなど、設備が整っていていかにも快適そうだった。

もっとも、フランシスが心を引かれたのはバスルームではなかった。彼女の目はシングルベッドに引き寄せられていた。清潔なシーツの上に枕が置かれ、縞模様《しまもよう》の上掛けがかけられている。

「どうもありがとう《ムチャス・グラシアス》」フランシスはあくびをこらえながら礼を言い、メイドが出ていったとたん、靴を脱いでベッドに倒れこんだ。着替えをする前に、五分だけ体を伸ばすつもりだった。

しかし疲労が極限まで達したときよくあるように、体から力が抜けたとたん、その日あった出来事や、アンダルシアに来た目的、父親ができなかったことを代わりに果たすのが自分の義務だという使命感、そして耐えがたいほどの喪失感など、さまざまな事柄が頭の中を去来していく。

フランシスと父親はとても仲がよかった。父の研究が世界的に賞賛されることを誇りに思い、舞台裏で父を支えるのは意味のある仕事だと思っていた。父が世界の果てまで出かけていって、やむことのない人類の開発によって営巣地を追われた希少な野生種の鳥を調査する際は、旅の計画や手配、現地での調整など、すべてが彼女の仕事だった。

学者にはありがちなことだが、フランシスの父親は現代的な機器類にあまり強くなかった。缶詰を開けるのも苦手にしていたくらいだ。家政婦が辞めるのと、フランシスが教員養成大学を卒業する時期が重なったとき、父親に家政婦の代わりを頼まれ、彼女は迷いなく教師になる夢を捨てた。

〝新しい家政婦を雇うのに、面接をしたりするのは面倒だ。それに、見知らぬ女性を家に入れるのも気が進まない。おまえならうまくできるだろう。手が足りなければ助手を雇ってもいい。とにかく、おまえがいてくれれば家の中が明るくなる。わが家にはおまえが必要なんだ。まだ仕事を始めてもいないんだから、教師になるのをあきらめても、さほど大きな犠牲ではないだろう〟

フランシスが教師になりたかったのは、大好きな子どもと関われる仕事だからだった。それに、毎日家で父の研究仲間の相手をしていたら、自分と同年代の友人たちとは疎遠になってしまうだろう。そんな不満はあったものの、フランシスはあえて異を唱えなかった。父の仕事の重要性を考え、父の望みを最優先するべきだと、みずからを納得させた。

その後の二年間、家政婦の役割に秘書や調査の仕事も加わり、ついには父の著書の共同執筆までこなすようになった。

父親を失ったフランシスには、悲しみに追い討ちをかける事実がひとつあった。世界で最も希少な鳥類とされるイベリア・カタシロワシの生態を直接調査したいという父の長年の夢が、かなえられないままになったことだ。父はこの鳥に最新の著書の最終章をすべて割くつもりでいたために、原稿の完成も遅れていた。

父親のつぶやきを思い出しながら、フランシスはまどろみ始めた。

〝イベリア・カタシロワシは孤高の存在で、強い力のあるものだけが持つ落ち着きを備えている。偉大なる独裁者であり、その縄張りには、用心深く近づかなければならない。ほかの鳥類が人の近寄りがたい山中に巣をつくるのに対し、この誇り高い反逆者は平野を支配し、あえて卵を狙うものに挑むかのように、低い松の木に大きな巣をつくる。翼の縁に真っ白な模様があるため、空高く舞う姿は非常に目立ち、無防備にさえ感じられる〟

「セニョリータ、九時です。起きてください」

鳥の羽ばたきが聞こえる夢の中に、遠慮がちな、なまりの強い呼びかけが侵入してきた。

「やめて……あっちに行って……」

フランシスはつぶやき、両腕を頭の上で振った。そこではっとして起きあがり、部屋の中にいるのが自分だけだと確認して安堵《あんど》の息をついた。鋭いくちばしを持つ鳥が頭上を飛んでいたりはしない。

「ああ、グラシアス……」フランシスは口ごもりながらドア越しに返事をし、ふたたびべッドに倒れこんだ。部屋の中に鳥などいるはずがないのに、いまも騒々しい音が聞こえるのはなぜだろう？

フランシスは立ちあがって部屋を横切り、窓の鎧戸を開けた。ヘリコプターが館の裏手に下りてくるのが見え、納得がいった。夢から覚めても消えなかった騒音は、ヘリコプターの回転翼が風を巻き起こし、木々の枝を激しく揺さぶる音だった。

例の伯爵が到着したに違いない。フランシスはあわててバスルームに行き、手早くシャワーを浴びた。ジーンズや木綿のシャツの入っているスーツケースをかきまわし、念のために一枚入れてきたはずのワンピースを探した。

それは簡素なデザインの白いワンピースで、修道女の服のように飾り気のないものだった。絶望的な気分で、鏡に映った自分の姿を眺める。このワンピースにいつも合わせていたアクセサリーのことを思い出した。鮮やかな青いビーズでできたネックレスとイヤリング。父がどこかに行ったとき現地の市場《バザール》で買ってきてくれたものだった。

〝これを店先で見たとき、すぐにおまえのことを思い出したんだ、フランシス。おまえには青がよく似合う。灰色の瞳に紫の影が差し、淡い金髪を引きたててくれる。残念ながら、サファイアを買ってやれるほどの余裕はないが……。玉髄《カルセドニー》はおまえの誕生石だし、持ち主に満足を与えてくれると言われている。それこそ富にもまさる恩恵だ〟

フランシスは涙をこらえ、鏡の前から離れた。外見を飾りたてるすべはない。いまの彼女は鏡に映った姿そのままだった。

これまでもずっと、彼女は地味で目立たない存在だった。自分でもいろいろなことに挑戦してみたのだが、けっきょく得意分野と言えるようなものは見つけられなかった。いつも輝かしい存在を引きたたせる、裏方的な存在だった。

いつでも誰かを手伝えるように待機していて、雑用を引き受ける。意地の悪い言葉にはたちまち傷つく。顔の血色は悪く、頬はこけている。優しい誰かが日なたに置いてくれるのを待つマツユキソウのように、いつも頭を垂れている。

少しは自信を与えてくれたはずの青いビーズもいまはなく、不安な面持ちで、フランシスはドアのノックにこたえた。ドアを開け、ドクター・リベラがそわそわした様子で立っているのを目にすると、パニックにも似た気分に見舞われた。

「伯爵が到着し、あなたを待っています、セニョリータ」

ドクター・リベラが誇らしげな、興奮を抑えきれない口調で言った。これは名誉なことらしい。

「準備がすんでいるようなら、すぐにもご案内します」彼は親切に腕を差しだした。

廊下はとても長く、階段はとても高く感じられた。広間に入ると、男性がひとり立っていた。

その男性の訪問に備えて、すべての家具が完璧に磨きあげられ、緊張の面持ちで迎えているようにさえ感じられる。クリスタルの花瓶や銀器が輝き、ソファにかけられたベルベットのカバーには、しわひとつない。なのに、ふたりを待っていた男性はそういったものに感銘を受けるどころかむしろ不満げで、農民の家を訪問した大地主のように、人を見下した雰囲気を漂わせていた。

フランシスは男性を見た瞬間にそう感じたが、彼が近づいてきてそっけない言葉を発したとき、その印象はさらに強まった。

「ベルナルドから、きみがこのあたりをひとりで旅するつもりだと聞いた。もちろん、そんなことは許可できない。明日、空港まで送っていくことにする。いちばん早く乗れる便を手配するから、イギリスに帰るように」

フランシスは息が止まるほど驚き、激しい怒りを覚えた。見ず知らずの尊大な男性の有無を言わさぬ命令口調に、開いた口がふさがらず、ひたすら目を見開いて相手を見つめる。

男性はチーク材に彫りつけられたようないかめしい顔立ちで、瞳の光はひどく冷たかった。髪は漆黒だが、こめかみにだけ白い筋がある。それを見て、フランシスは父親がイベリア・カタシロワシを描写して言った言葉を思い出した。

〝翼の縁に真っ白な模様があるため、空高く舞う姿は非常に目立ち、無防備にさえ感じられる〟

もっとも、彼女にいきなり横柄な言葉を浴びせてきたこの男性には、無防備なところなどかけらもなかった。

フランシスは唇を引き結び、両手を握り締めた。それを目にして危険を察知したのか、ドクター・リベラがその場の空気をやわらげようと、すばやく割って入った。

「まだ、きちんと紹介をしていませんでしたね。申し訳ありません」ドクターは一歩進み出ると、敵対者どうしにはさまれた仲裁人さながら、不安げに両者を見比べた。「伯爵、セニョリータ・フランシス・ロスは、すばらしい業績を残した故ドクター・ロスのお嬢さんです」

次に、彼はフランシスに顔を向けて続けた。

「フランシス、ロマネス・デル・ノマダス・イ・アキラ伯爵をご紹介します」

フランシスはいらだちのあまり愛想笑いさえできず、そっけなく会釈をした。それから、勢いこんで反撃の言葉を繰りだした。「伯爵、どうやらあなたはご自分の命令が必ず通るのに慣れているようですが、あいにくわたしは、道理にかなったことにしか従えない、たいへん頑固な性格なんです。ですが、さきほどの命令にそれなりの説明を加えていただけるのでしたら、検討してみるつもりはありますが」

伯爵の鋭くとがった鼻が赤く染まるのを見て、フランシスは内心震えあがったが、あえて一歩も引かず、冷静な態度を保った。

「説明などは時間の無駄だ。相手が味方の場合はそのようなものは要求しないし、敵ならば言い訳に悪用するだけだからだ」伯爵は冷たい目で彼女を見据えて応じた。

「わたしは味方でも敵でもありません。いずれにしても、すぐに帰れと言われるなら、その理由を聞く権利があると思います」フランシスは落ち着いた態度のまま、かたくなに言い張った。

「人の善意を理解できないとは、いささか礼儀をわきまえていないようだな、セニョリータ。きみのお父上は結婚後まもなく夫人を亡くされたと聞いた。男手ひとつで育てられたのなら、それも無理はないのかもしれないが。

ここアンダルシアでは、女性は生まれてから死ぬまでずっと、最初は父親や兄弟に、やがては夫や息子に、大切に守られるものと決まっている。女性に対するそうした義侠心は、昔からアンダルシアの男が生まれつき持っているものだ。だからこそ、ぼくもこのドクター・リベラも、愚かな過ちからきみを守ろうとしているんだ。ここでは女はひとりで出歩いたりしない。まして、まったく人気のない荒れ果てた湿地を歩くなど、もってのほかだ。セニョリータ、何千羽もの鳥が季節の渡りの際に、なぜこのあたりを休息地に選ぶと思う? この湿地が、人間に邪魔されることなく休み、餌を捕り、繁殖できる、数少ない荒野だからだ」

フランシスは言葉を失った。

スペインのアンダルシア地方にはムーア人の文化が色濃く残っている、と聞いたことがある。女性たちはオペラのカルメンのように扇とベール《マンティージャ》で顔を隠して恋をし、男性たちは服装も振る舞いもドン・ファアンさながらだ、と。闘牛とフラメンコがいまも大衆に人気のある娯楽だということも。

とはいえ、洗練された保養地のコスタ・デル・ソルからさして遠くない地域に、これほど古めかしい価値観が残っているとは、にわかには信じがたいことだった。コスタ・デル・ソルでは、女性も裸同然の格好で浜辺で日光浴をしているというのに。

風車に槍《やり》で戦いを挑んだ義侠の士の伝説には、いくらかの真実が含まれていたのかもしれない。目の前のロマネス・デル・ノマダス・イ・アキラ伯爵という男性は比較的若いが、その態度は、少年時代に厳しく礼儀を教えこまれて完璧な紳士へと育ち、常に女性を思いやり、両親を敬う、古い時代の男そのものに見える。

ただ、その礼儀正しい仮面の奥には、ムーア人の荒々しさや、誇りと情熱的な血との葛藤、イスラムの神から引き継いだ無慈悲さがあるらしい。

フランシスはしばしためらい、咳払《せきばら》いをした。内心は伯爵の威圧感に恐怖を覚えながらも、脅しに屈するまいとする反抗心のほうがまさった。

「言わせていただきますが、伯爵、あなたの説明には納得できません。むしろ矛盾していると思います。わたしのような世代の女性たちにとっては、アンダルシアの女性に対する扱いこそが古臭く感じられます。男女平等を実現する闘いが何十年にもわたって繰り広げられ、まだすべてが認められたわけではありませんが、少なくとも女性は一個人として認められるようになりました。もう、男性の付属物のように扱われることはありません。押しつけられてきた伝統という名の枷《かせ》から解き放たれ、男性の偏見に邪魔されることなく、みずからの心に従って生きるのが現代の女というものです。

父の最後の原稿を完成させるのがわたしの望みです。そのためには、イベリア・カタシロワシの繁殖地に行かせてもらわなければなりません。それに、アンダルシアのすべての男性があなたの言うほど女性に対して義侠心に富んでいるのなら、つきそいなどなくても充分に安全なのではありませんか？　あなたのように変化に抵抗する男性でさえ、いつかは進歩にあらがう愚かさに気づくはずです」

「進歩だと！」

吐きだすように発せられた言葉とともに、伯爵が拳をもう一方の手のひらに打ちつけたので、フランシスはその音に驚いて飛びのいた。

「前進は善だと無条件に信じるのは、愚か者の考え方だ。人類が百歩進むごとに、野生動物は百一歩後退している。アンダルシアに来たのは珍しい鳥の生態を研究するためだと言ったな、セニョリータ？　もしも、賢明な人々がきみの熱烈に支持する〝進歩〟とやらに抵抗していなければ、イベリア・カタシロワシの聖域などとうの昔にこの地から消滅していただろう――そう考えたことはないのか？」

2

夕食の席はひどく張りつめた雰囲気だった。ドクター・リベラや使用人たちの気遣いにようやく気づいたかのように、伯爵は毒舌を控え、キュウリの風味の漂う冷製スープのガスパチョや、主菜として出されたトルティーヤとオムレツなどについて、上品に感想を述べた。

オムレツの中にはジャガイモとタマネギがたっぷりつめられ、分厚いケーキのようだった。外側はこんがりと焼かれ、中はしっとりしていて、豆やホウレンソウ、マッシュルーム、パセリ、アンチョビ、さらにハムやソーセージなどのみじん切りが風味を添えていた。

簡単なデザートが運ばれてきたとき、ドクター・リベラがフランシスに、申し訳なさそうな顔を向けた。「一般に、スペイン人は食後に果物を食べるのを好むんです、セニョリータ。イギリスではプディングが好まれると聞いていたので、料理人にカスタード・プリンをつくらせました。お好みに合うかどうかわかりませんが」

「おいしいわ」フランシスは小声で応じた。

伯爵がそっけない口調でデザートを断ったので、彼女は思わず顔をしかめてしまい、それを隠そうとしてあわてて微笑を浮かべた。

「この館はとてもすてきなところですね、ドクター」愛想よく感想を述べる。「部屋はきれいに整っているし、ベッドの寝心地もいい。食事もおいしいわ。こんなに設備やサービスがいいのに、宿泊客がわたしだけなんて、驚きました」

ドクター・リベラの顔から気遣わしげな表情が消え、口元がうれしそうにほころんだ。

「いまは閑散期ですから。といっても、もうじきシーズンになります。宿泊客の大半は、ここの湿地が熱帯地方や極地から渡ってくる鳥たちでにぎわう、春や秋に訪れるんです。暑い地域からはムラサキサギやシラサギ、コウノトリ、ハチクイ、ヨーロッパコマドリ、ヤマシギ、デンマークへ渡る途中のハイイロガン、シベリア北部へ向かう途中のヒドリガモなどが渡ってきます。雨季には牛に引かせるパントという船で湿地を移動しますが、いまのように好天続きで湿地が乾いて固くなると、馬での移動が便利です」

「馬が唯一の移動手段だ」

伯爵が口をはさんだ。どことなく含みのあるその口調に、フランシスは何か気まずいことを言われるのではないかと身構えた。

「セニョリータ・ロス、きみは馬の鞍《くら》に長時間乗って過ごすことに慣れているかな？」

「経験はあります」

伯爵の目におもしろがっているような光がきらめいた。それを見たフランシスは、馬にはたった一度しか乗ったことがなく、しかも惨憺《さんたん》たる経験だったことはけっして明かすまい、と考えた。

「どうやら、危険も経験不足もおかまいなしのようだ。ならば、うちのアラブ馬を一頭貸そう。好きに使ってもらってかまわない」

伯爵の口元に浮かんだ笑みは、フランシスがこれまで見たことのないような不愉快なものだった。彼女は震えあがったが、伯爵の申し出を断る口実を思いつく前に、ありがたいことにドクター・リベラが救いの手を差しのべてくれた。

「大丈夫です。伯爵はあなたをからかっているんですよ。伯爵が血筋のいい気性の激しいアラブ馬をお好みなのは有名で、ぼくでさえ、伯爵の純血種に乗るのには躊躇《ちゅうちょ》します。それより……いまの伯爵の申し出は、あなたがアンダルシアに滞在し、お父さんの著書を完成させるのに必要な調査をすることを認めた、ということではないですか。イベリア・カタシロワシの繁殖地は伯爵の領地内にあり、正確な場所は伯爵と信頼の置けるスタッフ数名しか知らないんです。ですから、調査の成功は伯爵にガイドをしてもらえるかどうかにかかっています。伯爵の許可がなくては、誰も彼の土地には入れません」

フランシスは平静を装うのにかなり苦労した。この高慢な伯爵と一緒に行動するのはまったく気が進まなかった。時間がたてばたつほど、彼に対する嫌悪感が増してきている。

しかし、父の著作の中でも最高傑作になると思える本の完成がかかっている。ヨーロッパで最も珍しい鳥に関する章で著書を締めくくりたいという父の夢をかなえれば、フランシス自身も大きな達成感が得られるはずだ。

うまくいかなかったときの失望の深さを考えると、伯爵との話を穏やかに続けるのも思ったほどむずかしいことではなくなった。会話が進むうち、伯爵はスペインの宗教裁判官のように徹底的に、フランシスの経歴について根掘り葉掘り質問を重ねてきた。

「過去二年間、お父上の雑用係で満足していたというのは、男女平等主義にそぐわないのではないかな。もっとも、人の栄光のおこぼれにあずかるほうが、自力で学究的な成功をおさめるよりも楽ではあるが」伯爵はいやみたっぷりに指摘した。

「たしかにそうです。ですが幸運にも、わたしは両方の経験ができます。教員の免許を持っていますから」フランシスは自慢げに言った。「父の著書が完成したら、教師の職を探すつもりです」

伯爵がふと黙りこんだ。何か考えこんでいる様子で、テーブルの上で胡桃《くるみ》をつかんだまま、手を動かそうとしない。

「子どもが好きなのか？」

「ええ、とても」フランシスは迷わず答えた。

伯爵は胡桃を皿に戻し、目を伏せて、慎重な面持ちで意外な質問をした。「理由を説明してくれないか？」

「そうですね……」

　不意に頭の中が真っ白になったような気がして、フランシスは口ごもった。それから、長い夏休みのあいだに保育園の手伝いをしたときの経験を思い出した。子どもといえども大人と同じようにさまざまな個性があることを知り、驚きと喜びを覚えたものだった。

「子どもが好きな理由はたくさんあります。子どもは単純に楽しむことを知っています。率直で、狡猾《こうかつ》なところがなく、愛情を注がれることで自信を持つようになります」フランシスはなつかしそうな表情でほほ笑んだ。

「だがときには、汚くて騒々しく、行儀の悪い子どももいるだろう？」伯爵が探りを入れる目で尋ねた。フランシスがどう答えるか、不安がっているような口ぶりだった。

　フランシスは思わず声をたてて笑った。「子どもというのはたいていそういうものでしょう？　子どもの楽しみのひとつは、ほこりっぽい戸棚の奥を探検することよ。わざと友だちと言い争ったり、大人に反抗してみせて、仲間うちの賞賛を得ようとしたりすることもある。そんなときも、厳しく叱るのがいいことだとはわたしは思っていません。服が破れたらすぐに繕えるけれど、子どもの心は、一度傷つくと治るのに時間がかかります」

　伯爵が椅子をずらして立ちあがったので、フランシスはてっきり彼を怒らせてしまったのだと思った。恐る恐る顔を上げて様子をうかがうと、驚いたことに彼の顔には笑みが浮かんでいた。重く垂れこめた黒雲の隙間から差しこんだひと筋の陽光のように、思いがけないものだった。

「ベルナルド、明日は朝早く出発するから、馬と食料の用意をしておいてくれ」伯爵はフランシスと同様に驚いているらしいドクター・リベラに顔を向け、依頼した。次いで彼女のほうに向き直り、言葉を続ける。「セニョリータ・ロス、なるべく多く睡眠をとっておくため、今夜はすぐに就寝することをお勧めする。明日はかなりの距離を馬で行くことになる。きみさえよければ、夜明けとともに出発したい」

伯爵の命令におとなしく従うのは気に食わなかったが、その晩フランシスはぐっすり眠り、伯爵が待っていると告げに来られる前に目を覚ましていた。

前の晩、ベッドに入る前に、最低限の必需品をまとめておいた。記録をとるための大判のノート、化粧ポーチ、パジャマ、下着、シャツ、セーター、タイツ、靴下、ポケットティッシュ、そして、どこかに泊まることになった場合に備えてジャージー地のスカート。最後に荷物に加えたのは、保湿クリームとわずかな化粧道具、針と糸、絆創膏《ばんそうこう》、櫛《くし》、石鹸《せっけん》とシャンプーの入った袋だった。

階段を下りていくと、廊下を行きつ戻りつしている伯爵が見えた。いったいいつから待っていたのかしら、とフランシスは内心首をかしげた。伯爵は彼女の携えている荷物に目をやり、かすかに眉を上げたものの、実用本位のジーンズとチェックのシャツ、薄手のアノラックという服装は、彼のお気に召したようだった。

「朝食はパンとコーヒーですませてくれ。ベルナルドはきちんとした朝食を用意すると言ったが、断った。こんなに早い時間では、馬の準備をさせるだけでもひと仕事だから。さあ、それをこっちによこして」伯爵はさっと手を伸ばし、フランシスの手から奪うように荷物を取った。「きみが朝食を食べているあいだに、ぼくがこの荷物をサドルバッグに入れておく。ぼくは一時間前に朝食をすませた」

フランシスは自分の所持品を他人に任せることに慣れていなかった。彼女が困惑の表情を浮かべると、伯爵の鋭いまなざしがその顔に向けられた。

伯爵は灰色の乗馬服を身につけ、日差しから首筋を守るチェックのスカーフの上に、灰色のソンブレロをのせている。その装いのせいで、彼は昨晩よりもさらにムーア人風に見えた。フランシスはその雰囲気に圧倒され、反論の言葉が出てこなかった。彼女は気恥ずかしさを隠しつつ、朝食をとりに広間へ向かった。

これからどうなるのだろうと、何かひどくいやな予感がして、不安のあまり、コーヒーを一杯飲むのがやっとだった。

気持ちを奮い立たせて外に出ていくと、そこにいたのは立派なアラブ馬ではなく、小さくて屈強そうな乗用馬だった。フランシスは思わず安堵《あんど》の声をあげそうになり、あやうく抑えた。馬の背には前後が高くなっている座りやすそうな鞍がつけられ、乗り手が簡単に落ちることのなさそうな、なめし革の座席が用意されていた。

彼女の荷物も、鞍の後部にさげられているふたつのサドルバッグにどうやら無事におさまったらしい。伯爵はさらに、防水のケープと飲み物を入れる革袋も鞍につけていた。

「この小さな馬は荒れ地を行くには理想的だよ、セニョリータ」伯爵が不意に口を開いた。

フランシスの心の内が顔に表れていたのか、あるいは、伯爵には正確に人の心を読む鋭い能力があるのだろうか。

「アラブ馬の純血種は速さでは誰にも負けないが、荒れた地面には向かない。この馬はとても頑健なうえ、足元もたしかなんだ。岩がちな山道でも、めったにつまずいたりしない。実際に体験してみれば、乗り心地のよさに驚くだろう」

奇跡を起こしてくれた神に心の中で感謝の祈りをささげながら、フランシスはおとなしそうな馬の手綱をつかむと、右足を金属製のあぶみにのせ、左足を振りあげて鞍にまたがった。勇気を振りしぼったかいがあり、反対側に落ちずにすんだ。

「さあ行こう」伯爵が促した。「今日は長い道のりになる!」

フランシスは頭の中をからっぽにし、以前、ほんの十分間ばかり馬に乗ったときの記憶をよみがえらせまいとした。手綱をしっかりと握り、脇腹をかかとでつつくと、いきなり馬が動きだす。

最初の十分間ほどは、座席からかろうじて落ちることなく、ぎくしゃくと動く恐ろしい乗り物に調子を合わせるので精いっぱいだったけれど、しだいに馬の歩調に慣れ、肩の力を抜いて周囲を見渡せるようになってきた。

　ありがたいことに伯爵は数歩前を行き、振り返ることもほとんどない。あとで必要になるからかぶっておくようにと、ひとまわり小さな灰色の帽子を投げてよこしたあと、彼は先に立ち、物思いにふける様子で黙りこんでしまった。

　フランシスはその後ろで馬に揺られて進みながら、乾いてひび割れた平らな湿地を眺めた。はるかかなたに、灰褐色の隆起した大地が見える。ドクター・リベラが、湿地に水があふれてもそこだけは水没せず、鳥や小動物の理想的な営巣地になると言っていた場所に違いない。

　朝のうちは比較的涼しく、馬に慣れたフランシスは楽しみながら進むことができた。ところが、太陽が高くのぼるにつれてしだいに暑くなり、初めは気にならなかった小さな問題が次々と気になり始めた。腰が痛くなり、関節がこわばってきて、汗を吸ったシャツが背中に張りついてくる。

　二時間後、我慢の限界にかなり近づいたころ、伯爵が振り向き、地平線に見えるコルクガシの木立のほうを指差した。

「あそこで休憩をとり、何か食べよう」

　伯爵のからかうような視線を感じ、フランシスは背筋を伸ばして、疲れていることを気取られないようにした。「いいわね」ごくりと唾をのみ、精いっぱいの虚勢を張って応じる。「べつに疲れてはいないけれど、何か飲みたいわ」われながら情けなくなるほどしわがれた声だった。

伯爵がからかうような笑い声をもらしたのがわかり、フランシスはますます彼が嫌いになった。どうやら、伯爵は彼女の言葉をまるっきり信じていないらしい。こちらがくたびれ果てている様子を見て取り、楽しんでいるみたいだった。

フランシスは歯を食いしばり、青く揺らぐ地平線に蜃気楼《しんきろう》のように浮かぶゴールをじっと見据えながら、伯爵のあとについていった。地面の凹凸で体が上下するたび、伯爵の鋭い視線を感じ、どこかに隠れてしまいたくなった。

日がさらに高くなり、フランシスは伯爵から渡された帽子に感謝した。空には雲ひとつなく、鳥が高く舞いあがっては急降下してくるばかりだった。ときおり行く手から猪《いのしし》が飛びのいたり、ダマジカの群れが広大な湿地へ侵入してきたふたりの人間を目にして、不安げに逃げていったりした。

ようやく休憩地点に着いたとき、フランシスは安堵のあまり外見を取り繕うのも忘れ、鞍の上にぐったりと倒れ伏した。馬から降りる元気もなかった。

ところがそのとき、間の悪いことに、行く手を横切った小動物に驚いたのか、伯爵の馬が急にあとずさりしていななないた。その声は銃声のようにあたりに鋭く響き、ヘラサギやアオサギ、シラサギなどが、侵入者に抗議するかのようにけたたましく鳴きながらいっせいに飛び立った。

激しく飛び交う鳥たちに視界をさえぎられ、フランシスは思わず両腕を振りあげて頭を抱えた。暑さと疲れと恐怖で混乱していたせいか、つい手綱を放してしまい、馬上でバランスを失った。舞いあがるような感覚に襲われ、体が鞍から浮きあがるのを感じた。

「大丈夫だ、セニョリータ」

伯爵の手がフランシスの腰に添えられ、彼女と馬を落ち着かせた。

「数分もすれば、鳥は木の枝に戻る。そうしたら、どこにいるかもわからないほど静かになるさ」そこで彼の目がふと鋭くなる。「ずいぶん疲れているようだな、セニョリータ・ロス。乗馬は得意という話だったが、本当なのか?」とがめるような冷たい声だった。

伯爵はフランシスの腰に手を当てたまま、彼女の青ざめた顔をのぞきこんだ。

フランシスは彼の上着の第三ボタンから上に視線を上げられず、あえぐように答えた。

「ものすごく得意だとは言わなかったわ。経験があると言っただけよ」

「これまでに何度、どれくらいの時間、馬に乗ったことがあるんだ?」伯爵は重ねて尋ねた。

灰色の帽子の重みに耐えられなくなったかのように、フランシスは頭を低く垂れた。

「一度だけしか乗ったことがないの。それも、ほんの数分よ」ささやくような小声で答える。

「なんてことだ《マードレ・デ・ディオス》！」低く毒づく伯爵の声は、乾いた草むらでうごめく蛇が発したように鋭かった。「最初の一歩を踏みだすときは小さな子どもだって用心するのに、そんなむちゃをするなんて。よくそれで子どもを導く教師になろうと思ったものだ！」

「何事も、経験してみなければ始まらないわ」フランシスは必死に言い返した。「根っこが苦くても伸びた枝先には甘い実がなる――それが人生というものでしょう」

伯爵の瞳に怒りの炎が燃えあがり、フランシスはそれを見たとたん、心臓が止まりそうになった。

この人は尊大な態度の下に、常に熱くたぎる感情を隠しているらしい。ときおり怒りが抑えきれなくなると、安全弁がはずれて厳しい言葉を吐くようだ。その推測を裏づけるように、伯爵は彼女のウエストから手を離し、そっけなく肩をすくめて怒りをおさめた。

「セニョリータ、東洋の古いことわざに、〝どんなに最悪な敵でも、自分自身に降りかかる害悪以上の害は与えられない〟というのがある。きみも、みずからが招いた傷の大きさに不平を言うのはやめるんだ。愚痴をこぼすのも、態度に出すのもなしだ」

フランシスはどうにか平静を装い、伯爵が地面に広げた防水シートの上に座った。そのまま待っていると、伯爵はサドルバッグから堅そうなパンを取りだし、ナイフで切り分けた。

彼はひと切れを食事用のナイフに刺し、フランシスのほうに差しだした。彼女はためらいがちにそれを受け取った。バターも塗っていない茶色っぽいパンをかじってみると、きめの粗いパンは意外にもおいしく、もうひとつの食料の冷たいトルティーヤも同様だった。伯爵が鞍から外してくれた革袋を受け取って水を飲み、黙ってパンを噛《か》んでいると、体の痛みがしだいにやわらいできた。そこでようやく、勇気を出して伯爵のほうを見ることができた。

伯爵は木の幹に寄りかかるようにして座っていた。顔を上に向け、口を大きく開けて革製の容器《ボロン》から細く流れだすワインを飲んでいる。コーヒー色に日焼けしたなめらかな肌や、首筋の筋肉が細かく動くさまに思わず見入ってしまい、フランシスは言おうとした言葉をすっかり忘れてしまった。

伯爵がワインを飲み終え、喉元の動きが止まったとき、フランシスは視線を上げて彼の顔を見た。見ていたことをとがめるようなまなざしが返ってきたので、彼女は顔を赤らめた。

「ワインをどうだ?」伯爵はポロンを差しだした。

「いいえ、けっこうよ。あまり好きじゃないの。水のほうがいいわ」

「あるいは牛乳か」つまらない女だと決めつけるような口ぶりだった。

相手が調査に行きたい土地の所有者だから、怒らせるわけにもいかず、フランシスは悔しい気持ちをこらえ、なるべく愛想よくしようとした。「どうしてあなたの気が変わったのかわからないけれど、ワシの営巣地に案内してくださることについては、伯爵、あなたに感謝しています」

「理由はいくつかある。そのひとつは、すでに所有しているお父上のすばらしい著作のコレクションに、ぜひとも新たな一冊を加えたかったということだ」

父親の研究を敬うような言葉を聞いて心が温まり、フランシスは思わず言った。「父と会ってもらえなかったのが残念だわ。知り合いになったら、あなたもきっと父を好きになったと思うから」

「きみのお父上とは旧知の仲のような気がしている。その研究ぶりを心から尊敬していたので、お父上の許可を得たうえで、ドクター・リベラに手紙を見せてもらっていた。手紙はしだいに、単なる鳥類学のデータばかりでなく、友人同士の情報交換のようになっていった。最後の手紙では、彼がやってくる日時とともに、わが家への招待を受け入れてくれたことが書いてあった。〃フラメンコの館《パラシオ・デル・フラメンコ》〃と呼ばれる屋敷だ。彼が調査したがっていたワシの繁殖地に近いことも好都合だったから」

「パラシオ・デル・フラメンコ……。この二年間、少しずつスペイン語の勉強をしてきたけれど、実際に現地に来て初めて、自分の知識と現実との隔たりがわかったわ。それを〃ロマのダンスの館〃と訳すのは正しいかしら、セニョール？　直感的には、ちょっと違うような気もするのだけれど」フランシスは眉をひそめた。

「そうだな、女性の直感に間違いはないと考える者は多い。だが、きみがいま、ここにぼくといる事実こそ、その考えが誤りだという証拠じゃないか？」

フランシスが息をのんだのを無視し、伯爵はさらに続けた。

「きみの国の言葉もそうだろうが、スペイン語には、複数の異なる意味を持つ単語がたくさんある。たしかにフラメンコは〝スペインのロマのダンス〟という意味にも訳せるが、もうひとつ、〝フラミンゴ〟という意味もある。脚の長い華麗な鳥で、羽ばたくと群れ全体が薔薇《ばら》色に見えるが、羽をおさめると真っ白に変化する。領地内の湖には、およそ千羽ものフラミンゴが渡ってくる。塩分の濃い水がフラミンゴの生態に合っているんだ。もっとも、最近は数がだんだん減っているようだが」

フランシスはいまだにこの男性が信用できず、ますます猜疑心《さいぎしん》がつのるのを抑えながら言った。「もしかして、繁殖地を替えただけかもしれない」

伯爵は肩をすくめた。「そうかもしれない。本当のところは誰にもわからない。フラミンゴの渡りは詳しく調査されたことがなく、いまだに多くの謎が残されている。ただ、伝説の範疇《はんちゅう》とはいえ、最初のムーア人の王子がアンダルシアを侵略したとき、フラミンゴがその湖を繁殖地にしていたという記録が残っている。選んだのか、必要に迫られたのかはわからないが、王子はここに身を落ち着けて宮殿を建て、スペイン人の愛妾《あいしょう》たちを大勢住まわせるつもりだった。ところが、ムーア人の慣習とは逆に、けっきょく彼はたったひとりの女性を愛妾にした。美しいイサベラは、のちに彼の花嫁になった」

「侵略者との結婚を強いられるなんて、恐ろしい！　家族の人たち、それこそ父親や兄弟は彼女を救おうとしなかったの？」フランシスはあわれむように瞳を曇らせ、身震いした。

「所有権の決定においては、現にそれを占有している者がいちばん強い――というだろう。ただし、記録によれば、イサベラは六人の息子を産んでいる。王子の求愛に、少なくとも何度かは応じたに違いない。イサベラは彼女の暮らす宮殿に名前をつけた。さびしいときでも、フラミンゴを見るだけで彼女は幸せな気持ちを取り戻せたという」

伯爵は不意に空を見あげた。

「ああ、よかった。ヘリコプターが来た。とりあえず、質問の時間はおしまいにしてくれるかな、セニョリータ。知りたいことがあるなら、到着してから自分で調べてくれ」

「到着ですって？」フランシスの声は回転翼の発する騒々しい音にかき消されそうだった。彼女は咳払《せきばら》いをしてから、大きな声で問いかけた。「どこに到着するというの？」

「フラメンコの館だ」伯爵はきっぱりとした口調で告げた。「しばらくのあいだ、きみはそこでわが客人として過ごすことになる」

3

ありえない出来事だった。伯爵の言動から導きだされる結論はただひとつしかない。フランシスはぼんやり考えた。彼女自身が誘拐されてしまったのだ！

ここがイギリスなら、そんなことは冗談にしかならない。しかし、ここはアンダルシア、何世紀ものあいだ時が止まっているような、ムーア人の慣習や掟《おきて》がいまだに残っている場所だ。そのうえ、人里から遠く離れている。〝所有権の決定においては、現にそれを占有している者がいちばん強い〟と、伯爵自身が口にしていたのだから！

フランシスは呆然《ぼうぜん》としてヘリコプターの窓から外を見つめた。ガラス越しに見下ろす地面が急速に遠のいていく。抗議の言葉を発する時間もろくになかった。じつのところ、あまりの衝撃と恐怖に口の中がすっかり乾いてしまい、声を出すのもやっとだった。「わたしが荷物を取りに戻らなかったら、ドクター・リベラがおかしいと思うわ」

伯爵が副操縦士の席から肩越しに彼女の顔を眺め、いらだちと同情の入り混じったまなざしを向けた。「ベルナルドはきみに責任を負う必要がなくなるとわかって、ほっとしていたよ」

「つまり、この乱暴な行為を彼も承知し、認めているというの？」フランシスは怒りで喉がつかえそうだった。「悪いけど、そんなことは信じられない。ドクター・リベラは騎士道精神を備えた、名誉を重んじる紳士のように見えたもの。けっして……」

「もちろんそうだろう。ベルナルドの知るかぎり、きみはフラメンコの館に滞在して好きなだけイベリア・カタシロワシの調査をしたらどうかという、ぼくの招待を喜んで受け入れたことになっている。ほかにどんな理由で、彼が誇りに思っている自然保護区を案内しようというぼくの計画に賛成すると思う？　だからわざわざ、放牧してあった馬を連れてきたんじゃないか」

「でも、どうして？　なぜこんなまねをするの？」怒りといらだちに、フランシスは足を踏み鳴らした。

しかし、伯爵は顔をそむけ、うるさい蠅《はえ》だとでもいうように、彼女の抗議をそっけなく無視した。

「内陸に入る前に海に出てくれ、マヌエル」伯爵が操縦士に指示するのが聞こえた。「せっかくだから、客人にこの地方全体を鳥の視点から見下ろして、大いに楽しんでいただこう」

あなたと一緒では、何ひとつ楽しめるはずがないわ――フランシスはそう言い返したかった。若く美しいイサベラの伝説でもあるまいし、スズメみたいにワシの鉤爪《かぎづめ》にとらえられ、巣に連れていかれるなんてごめんよ、と言いたかった。

けれど、ここは口をつぐんでいたほうがいいと直感が働いた。心の中にあふれだす恐怖をそのまま口にしたら、理性をすっかり失ってしまいそうだった。いまこのときほど、冷静に考えて慎重に行動しなければならないと思えたことはなかった。

伯爵が副操縦士の席を離れて、彼女の横に座ったとき、フランシスは体が震えそうになるのを抑えることしかできなかった。伯爵が彼女の腕に触れ、窓のほうにうなずいてみせたので、フランシスは促されるままに下方を見やった。

「下に見えている海岸線は、砂漠のような砂浜からなっている。まっすぐでなだらかな、人の住まない浜辺が何キロも続いていて、背後には内陸まで入りこむ巨大な砂丘がある」

フランシスは頭をもたげて、目を凝らした。まったく動くもののない白い砂浜に波が打ち寄せ、その外側に鮮やかな青い海が広がっている。浜辺に脱衣所やパラソルなどはなく、海が海水浴客に汚されることもなく、完璧に美しい景色がずっと続いている。ヘリコプターが向きを変え、内陸へ針路をとった。白砂の荒れ地に陽光が反射してまぶしくきらめき、フランシスは思わずまばたきをした。

「まもなく、もう一度ロシオの館の上空を通過し、それから自然保護区を通過する。さっき馬に乗って進んだ湿地をあとにしたら、シエラネヴァダの堂々たる山脈へ向かう。そうしたら、雪をいただく山々から緑の谷へと広がる眺めを背景に、フラメンコの館が見えてくるはずだ」

「囚人に牢獄《ろうごく》を見せるというの？　伝説に語られるイサベラが、一生閉じこめられた檻《おり》を見せられるようなもの？　わたしに何をお望みなのかしら、セニョール？」

フランシスは必死の思いで伯爵に言いつのろうとしたが、声は回転翼の発する騒々しい音にかき消されてしまいそうだった。

「あなたはこの土地がどれほど人里離れたところかを見せつけて、逃亡を企てるのは愚かなことだと印象づけようとしているけれど、わたしはお金持ちでもないし、重要人物でもないし、美人でもない。いったいどんな理由があって、わたしを人質に選んだのかしら？」

「落ち着くんだ、セニョリータ！」

伯爵にぴしゃりと言い返されて手首をきつくつかまれると、フランシスは冷水を浴びせられたように興奮がいっきに冷めた。

「ぼくはみずからの行動を他人に説明するようなまねはめったにしないし、いまもその必要は感じていない。きみはどうやらぼくに襲われるとでも思っているらしいが、その点は心配しなくていい」

フランシスは異議を唱えようとしたが、伯爵はばかにしたように指を振り、彼女を黙らせた。

「たしかにきみは金持ちではないが、もしそうだったとしても、ムーア人やスペインの征服者たちの富よりまさるとは思えない。第二の点については、質問の形で答えるとしよう。〝大地主〟と呼ばれる者を、重要人物を追いまわす連中と同一視するなんて、どうやったらそんなことが考えられるんだ？　そして第三の点だが……」

伯爵はフランシスの子どもっぽさの残る頬にわざと目を向け、そのまま首筋から肩へと視線を移していった。彼女に屈辱を噛《か》み締めさせるように、しばらくそのまま見つめたあと、おもむろに言葉を継ぐ。

「アンダルシアの女性の例外的に高い水準を考えると、きみは絶世の美女とは言えない。ムーア人の先祖から受け継いだ青い瞳や美しい金髪の女性が珍しくないこの土地で、きみの瞳や髪は色が薄くて不自然に見える」伯爵はあからさまに指摘し、冷たい口調で続けた。「きみの唯一の価値は、教師としての才能だよ。そこで、取り引きをしてもいいと考えた。きみはイベリア・カタシロワシの繁殖地に行きたいんだろう、セニョリータ・ロス。ぼくは子どもたちに初等教育をほどこすための教師が必要なんだ」

するると、伯爵には妻がいて、子どももいるらしい！　これまでの不安や動揺がいきなり見当違いだとわかり、フランシスはあわてた。これでは、独身のまま中年を迎えたわたしのおばの悩みと大差がなかったわけだ。

それでも、乱暴なやり方で自由を奪われたことについては、間違いなくこちらに抗議する権利があるはずだ。けれど、広大な荒れ地を所有して〝大地主〟と呼ばれ、領民を従わせるのに慣れているこの男性は、傲慢さがすっかり身についていて、なんの疑問も感じていないらしい。

伯爵が副操縦士の席へ戻ったあと、フランシスは座席に沈みこみ、眼下に広がるアンダルシアの風景に注意を集中することで、決まりの悪さを忘れようとした。

客人に最高の景色をお見せするように、との指示に忠実に従い、操縦士はヘリコプターの影が巨大な怪物のように地を這《は》うほど低空飛行をした。濃い青に輝く地中海や、広大な砂丘、松林、淡水の潟湖《ラグーン》、砂がちな荒れ地、コルクガシの生えている大草原といった景色が眼下を過ぎていく。湿地の広がる自然保護区では、ロシオの館が手で触れられそうなほど近くに見えたが、救いの手を求めるフランシスの願いのように、あえなく視界から消えていった。

「よく見ておくんだ、セニョリータ。何年もしないうちに、スペインには野生の鳥に適した土地がなくなってしまうかもしれない」

自然保護区が背後に消えていくのを目で追いながら、伯爵は副操縦士の席から身をよじるようにして彼女のほうに顔を向けた。

「そうかしら？」フランシスはためらいがちに言った。「悲観的すぎる気がしますけど、伯爵？　イギリスと同様、この国でも政府が環境保護の計画を立てているはずでしょう？」

伯爵が顔をしかめた。戦場で敵の圧倒的な力を見せつけられ、敗北を認めざるをえなくなった将軍さながらに、彼の口元が苦々しげにゆがむ。

「政治的な圧力をかけても、嘆願したり政治家たちの良識に訴えたりしても、政府の最優先事項の一覧から観光事業を外すことはできなかった。それでも、多くの人々が自然保護区を守ろうとした。現在の住人のためばかりでなく、未来を生きる世代が遊んだり学んだりできる場所を提供するためにも。だが、さんざん抗議したにもかかわらず、自然保護区は〝進歩〟と呼ばれる脅威にさらされている。すぐ北の海岸に沿って広がるリゾート地に行きやすくするため、自然保護区の境界線を取り囲むように高速道路を建設する計画があり、いまも検討中だ。

さらに今後は、開発業者が新たなリゾート地の建設に乗りだしてくることも避けられない。開発指定地域に迷いこんだ鳥や獣たちが、捕獲されたり殺されたりするかもしれない。さらに、飼い主に置き去りにされたペットが野生動物の命を脅かす問題も起こるだろう。ほかにも、愛鳥家を名のる連中が珍しい鳥の卵を盗んだり、不注意なピクニック客が乾燥した荒れ地に火をつけたりするかもしれない」

「でも、この荒れ地を保護するために、何かできることがあるはずでしょう？」フランシスは反論し、少しあわてたような早口で続けた。「たとえば、国際的に活躍する生物学者や鳥類学者に援助を求めるとか。さまざまな国の人たちが力を合わせて訴えれば、自然保護区が破壊されてしまう事態は避けられるはずよ」

「そういった努力は、もうさんざんしてきた。あらゆる手段を尽くして開発計画と闘ってきたが、だめだった。必ずしも開発が必要なわけではなく、人間の無知と貪欲《どんよく》さに負けてしまうんだ。それでも、敗北を全面的に認める気はない。ぼくの力のおよぶ範囲で、イベリア・カタシロワシのためにも、人の手の届かない荒れ地を残していくつもりだ」

フランシスは伯爵を後ろから眺めた。頭髪は黒いが、こめかみにだけ白いものが交じっている。ワシを思わせるその横顔には、厳しい表情が浮かんでいた。

ふと、フランシスの脳裏に奇妙な考えが浮かんだ。この男性もまた、ワシと同じように新たな生命力を得ているのではないか、と。伯爵と珍しい鳥類とのあいだには緊密な結びつきがあり、彼もまた古くから迷信のように伝わる儀式をおこなっているのではないだろうか。

〝十年に一度、ワシはみずから炎の中に飛びこみ、そして海に入って羽根をすっかり入れ替え、新たな命を得る〟そんなことはないだろうか。

フランシスはおかしな想像をした自分にいらだち、座席の上でそわそわと身じろぎをした。ばかげているとわかっていながら、大いなる名誉を背負う者が紋章に使う生き物、それはつまり、権威ある者の象徴とされてきた堂々たる生き物のそばに、いま自分がいるという感覚がぬぐい去れなかった。

しばらくのあいだ、伯爵は沈黙を守り、フランシスが眼下の風景を眺めるがままにさせておいた。

ヘリコプターは、黄色や赤、紫やピンクといった熱帯性の花々が咲き乱れる谷間や平原の上を飛んでいく。丘陵地の斜面には葡萄《ぶどう》の木が列をなし、乾いた赤い大地のところどころにくすんだ緑色のオリーブの林が見えた。大きな農場が点在し、小川の土手では黒い雄牛の群れが草を食《は》んでいる。

町や村の上空を低く飛ぶと、花でいっぱいの中庭を囲んで白い家が立ちならび、黒い錬鉄製の渦巻き模様の手すりがついたバルコニーや窓の内側では、黒いレースのベール《マンティージャ》をまとった女性たちがおしゃべりに興じているのが見えた。

東の方向へ飛んでいくと、石をレースのように切りだした美しい建物が何軒もならび、その上をヘリコプターの影が通り過ぎていった。それらの建物の中庭では、噴水が涼しげに水をほとばしらせている。オレンジやオリーブ、バナナ、サボテンなどの木陰に広がっていた静けさが破られ、驚いた労働者たちが現代的な乗り物を見あげる。

やがて、雪に覆われた山脈が地平のかなたに現れると、ヘリコプターは山肌に沿って上昇し、黄土色の外壁に囲まれた建物へと向かった。要塞のようにそびえたつあの屋敷こそ、アラブの大公のために建てられた、ムーア人の宮殿に違いない。

「フラメンコの館へようこそ、セニョリータ・ロス。アンダルシアに住むと、人はゆっくりと生まれ変わり、場合によっては、いつもの自分とはまったく違う見知らぬ人物になることもあると言われている」伯爵はフランシスのほうに顔を向け、にこりともせずに告げた。

大自然の真っただ中に建てられた要塞のような建物が近づいてくるのを、フランシスはじっと見守った。背後には岩がちなシエラネヴァダの山々が広がり、山頂には白銀の残雪が輝いている。手前のなだらかな斜面では低木が日にさらされ、谷間には果樹園が見える。たくさんの果物が実り、葡萄の木々が日差しをいっぱいに浴びて、緑色の小さな実が熟すのを待っている。

もっとも、フラメンコの館の巨大さを実感したのはもう少しあとのことだった。ヘリコプターが館を囲む狭間《はざま》のついた外壁を越え、発着場の上空でいったんホバリングしてから、巣に下り立つワシのように悠然と降下していったとき、フランシスは初めて、伯爵の隠れ家の現実離れした広大さを理解した。

それは世界の中のもうひとつの世界だった。俗世間の騒音や重圧が届かない場所、張りつめた神経を平和な空気が癒やしてくれる場所だった。

庭には花が咲き乱れて芳《かぐわ》しい香りが漂い、青々とした芝地や噴水の周囲を取り囲む小道のすべてを、静寂が包みこんでいる。噴水の池では、水草の陰で丸々とした金魚がゆったりと泳いでいる。操縦士がエンジンを切ったとき、同時に現代社会とのつながりもすべて切れたかのようだった。

「すぐにその目でたしかめられるだろうが、セニョリータ、館の裏側は正面ほどムーア様式が徹底していない。正面のエントランス部分は、十一世紀に一族の創始者が建てた元の宮殿のつくりを、できるだけそのままに保っている。長年のあいだに、多少の現代的な改装がほどこされてはきたがね」

説明の言葉とともに、伯爵はフランシスを建物のほうへと導いていった。肘に触れている彼の手を強烈に意識しながら、フランシスは歩幅の広い伯爵に遅れまいと歩調を速めた。まぶしいほど鮮やかな色のタイルが敷かれたプールサイドを、ふたりは足早に通り過ぎた。「壁に囲まれたテラスはムーア様式の典型的なものだ。この館のあちこちにある、白い大理石の床や蹄鉄《ていてつ》形のアーチ門、庭の装飾品などもそうだ」伯爵は手を振り、首を後ろにそらさなければてっぺんまで見えないほど大きなムーア様式の油壺《あぶらつぼ》を差し示した。「だが、アンダルシアの花嫁たちもしたたかだった。何世代にもわたって少しずつ、砂漠からやってきた王子たちにはお気に召さずとも、スペインの娘たちには歓迎されるように変化をとげさせてきた。たとえば、最初の若い花嫁イサベラは、夫の奇妙な習慣をやめさせようと心を砕いた。何しろ、夫が討ち取った敵の頭蓋骨を宝石で飾り、酒杯にするのを好んだものだから」

伯爵の口調は穏やかだった。落ち着いたテノールの声とは裏腹に、愉快そうに目を輝かせ、驚きを隠せないフランシスの顔をうかがっている。

「征服された同胞たちの遺体を侮辱する行為が、彼女には許せなかったに違いない。そこで、夫に慈悲というものを教えようとしたのだろう」

「それで、イサベラの願いはかなったの？」フランシスは低くかすれた声で尋ねた。

ヘリコプターが遠くに去ってしまったいま、彼女はあたかも、ムーア人がイベリア半島へ侵攻した激動の時代に引き戻されたような気分だった。あたりには戦いの気配さえ感じられる。

伯爵は口元を不自然なほど引き締め、うなずいた。「ある程度は。夫は頭蓋骨から宝石を外させ、その中に花を植えこんで、それぞれに名前を書いてテラスに置かせた。花の色や香りを楽しみつつ、頭蓋骨の主をたたえられる、というわけだ」

館の横手にまわりこんだ瞬間、フランシスは王子たちが墓石の下からよみがえってくるような気がした。無慈悲で非道な行為に怒りを覚えながらも、巨大な宮殿をつくらせた人物への畏怖の念に打たれ、息をのまずにはいられなかった。ほかのすべてのものが蚤《のみ》以下の取るに足りないもののように思えてしまうほど、圧倒的な存在感で迫ってくる。

建造されて何世紀もたっているのに、レースのカーテンのような彫刻がほどこされた巨大な石の正面のつくりには、傷ひとつないように見えた。狭間のついた屋根、三日月や星や貝殻などの白い漆喰《しっくい》の飾り物に縁取られたアーチ形の窓、そして優雅な大理石のアーケード。そのアーチ形の屋根にはジャスミンの木が這《は》いのぼり、鮮やかな赤い壁と対照的な白い枝が網目状にからみついている。

戦乱時の三日月刀や槍《やり》による傷が残る大きなドアの向こうには、幅の広い階段が延々と続き、その両脇にはエジプトの神話の神々、オシリスの一族やナイル川の神の大理石像がならんでいた。

それらの像の横顔をどこかで見たことがあるような気がして、フランシスは目を奪われた。ワシのように鋭いくちばしで、白い羽毛に覆われた猛禽類《もうきんるい》のような頭をした像や、太陽円盤をつけた雄羊の頭を持つ像もある。ファラオの王冠をつけた像もあった。例外なくすべての像が、強大な権力の持ち主であることを示す殻竿《からざお》と王笏《おうしゃく》を持っていた。

フランシスは理解のおよばない迫力に圧倒され、その場に立ちつくした。幼いころシェヘラザードの物語に夢中になったことがあったけれど、そのときの想像さえ超えるような光景だった。自分に似せて神を表現することを好んだファラオたちが、彫刻家の前でポーズをとり、ワシのような目をした誇り高い姿を石に刻ませたのだ。そんな時代を脳裏に思い描いて、フランシスは驚嘆のため息をもらした。

「どうした、セニョリータ、ひどく顔色が悪いようだが?」

フランシスはさっと体を引き、転びそうになった。石像となった伯爵の先祖がしゃべったとしても、これほど驚きはしなかっただろう。

「ああ、大丈夫。なんでもないわ、セニョール」フランシスはあえぎながら、気遣うように肘に触れた伯爵の手から身を引いた。「すっかり圧倒されてしまって。あまりにも壮大で、現実とは思えない。『アラビアン・ナイト』のお芝居のための大道具みたい。まるで一夜で撤去され、また次に使うときまで倉庫にしまっておくような、映画の背景セットみたいな気がする」

それを聞いて伯爵が軽蔑するような顔になったので、フランシスはまずいことを言ってしまったと後悔した。

「きみたちイギリス人は如才ない外交家だと言われているのに、その評判の才はどこに行ってしまったのかな。館のもともとの姿はほこりに埋もれてしまったかもしれないが、それでもやはり、一族の者たちが修復や修繕を重ね、栄光を保ってきたんだ。好きなように見て歩くがいい、セニョリータ。この館がボール紙とバルサ材でできているなど、とんでもない。捕獲したイギリス戦艦から持ちだされたオーク材にも匹敵するほど耐久性があるはずだ」

フランシスが謝罪の言葉を口にしようとしたとき、大きなドアが開き、腰の曲がった老女が小走りに近づいてきた。肌にはしわが目立つものの、髪は黒いままだった。

「おかえりなさい《ビエンベニド》、ロマニー・ライ！」老女は大声で歓迎の言葉を発した。伯爵を両腕で抱き締めかねない勢いだった。

「ありがとう《グラシアス》、サベリタ」

伯爵のほうは腰をかがめたりはしなかったが、女性に対して礼儀正しく会釈をした。

ますます時代がかった映画のエキストラにでもなったような気分だった。フランシスは自分のほうに向けられている老女の詮索するような視線に気づき、思わずあとずさった。

彼女の黒いワンピースを見たところ、上は体にぴったりと張りつき、下は腰からふわりと長いスカートが広がっている。年齢に似合わぬ若者向きの装いに身を包んだこの女性は、伯爵の家でどんな立場にあるのだろう？　色彩不足を補うように、鮮やかな緋《ひ》色のシャクヤクの描かれたショールを肩にかけている。耳たぶから垂れた金色のイヤリングは、つややかな黒髪に注意を引きつけたいのか、派手な輝きを放っている。

　サベリタと呼ばれた女性はそのイヤリングを大きく揺らしながら、フランシスの顔をのぞきこんだ。「ようこそ《ビエンベニダ》、チャヴァリ……」

　その言葉は半分ほどしか理解できなかったが、全体としては温かな印象だったので、フランシスはほっとした。「チャヴァリ？　ごめんなさい、その言葉はわかりません」フランシスは言い、申し訳なさそうにほほ笑んだ。

「ロマには、彼らの言葉を文字で表す辞書のようなものがない。サベリタはスペイン語で歓迎の挨拶をしたが、そのあとロマの言葉を使って、きみに〝お嬢さん〟と呼びかけたんだ」伯爵が説明した。「彼女はぼくが生まれた日から育児室を任されてきた人でね。ぼくが全寮制の学校に行き、そのあと大学に進んで家を空けていたあいだ、彼女は家族のもとに帰っていたが、どうやら自分が必要とされるときを察知する超人的な直感が働くらしい。館の家政婦がいなくなったとき、こちらから探すまでもなく、すぐさま玄関口に現れた。彼女にはとても感謝している。本来、ロマの人々には放浪癖があり、ひとつの場所にとどまるのは性に合わないはずなんだ」

サベリタはうれしそうに顔をほころばせた。生まれて初めて褒められた少女のような反応だった。「わたしたちロマは自然の呼び声に逆らえません。たいていは動きつづけようとする心の奥の衝動に抵抗できないけれど、周囲の環境がよければ、幸せでいられます。わたしたちのことを放浪者だと決めつけるのは不当なこと、わたしたちは必ず家庭や住まいを一緒に持ち運ぶんですから。わたしには、自分が必要とされていることがすぐにわかります」

サベリタは少し間をおいてから、伯爵を非難するような口調で続けた。

「ロマニー・ライ、わたしには予知能力がある。神が未来の出来事を直接教えてくれるんです。多くの人がこの才能を持っているけれど、正しく使えるのはほんのひと握りです」

「教育を受けた人々は古い迷信に惑わされるのを嫌うものだ」伯爵は応じた。「彗星《すいせい》が尾を引き、流星が夜空をかけるといった天文現象も、いまでは学者たちによってつぶさに調査され、科学的に説明することが可能になった。それらを不吉な前兆とするような考え方は、無意味な迷信だと見なされるようになってしまった」

サベリタの落ち着いた顔に震えが走るのを認め、フランシスは彼女の心の痛みの深さを察した。この年老いた女性が勇敢であることは、伯爵に対しても臆することなく発言する態度を見ればよくわかる。ところが、驚くべきことに、サベリタが次に発したのはフランシスを気遣う言葉だった。この場で最も癒やしが必要なのはフランシスだと見抜いているかのように。

「わたしのことで心を痛めなくていいのよ、チャヴァリ」老女は歌うように言った。「まもなく、わたしの予言の力があなたにもわかるわ。まもなく……ボリ・ラニの婚礼でわたしの一族が喜ぶときに」

4

寝室を出たフランシスは、階段に向かって廊下を進んでいった。大きな階段の両側の壁には、足元から天井まで色鮮やかなタイルが張られている。彼女は高い丸天井を見あげたものの、夕暮れの薄闇がすでに館の中まで入りこんでいたので、あたりがよく見えなかった。

館の内部の詳しい観察はまだこれからだけれど、外観同様にすばらしいものらしい。白と金色を基調にした豪華なしつらえの寝室や、広々とした廊下、小さな客間、周囲を見渡せる静かな中庭など、すでに目にしたものだけでも充分に見事だった。中庭にはさまざまな色の花が咲き乱れていた。ひとつひとつの花の命は短くても、途切れることなく次々と新たな花が開いていくのだろう。

ただ、どうしても違和感を禁じえないところがあった。それは、この館があたかも隠れ家として建てられたもののように感じられることだった。春の暖かな日差しを避け、文明社会の喧騒《けんそう》から逃れるための場所。なおかつ、傲岸不遜なあの伯爵にとっては、彼の言葉こそが法律であり、サベリタのように献身的に仕える者たちだけを支配できる世界へ逃げこめる場所なのだ。

そんな〝大地主〟の男性を相手に、これ以上道理を説いたり議論を闘わせたりするのは時間の無駄だろう。何しろ彼は、みずからの行動の理由を他人に説明することさえ侮辱と感じるような、ひどく傲慢な男性なのだから。今後の話し合いについては、伯爵の妻である伯爵夫人とのあいだでするほうが円滑に進むに違いない。

両側に美しい装飾が描かれた廊下を歩きながら、フランシスはそう心に決めた。壁の装飾はモザイク模様で、人の一生を誕生から幼少期、青年期から中年期、そして老年期と、三段階で表現している。

伯爵夫人を相手にするほうがはるかに話が進めやすいはずだし、いずれにせよ、いつかはきちんと話し合う必要がある。鳥の情報を得るのと引き換えに子どもたちの指導をするという、伯爵に提示された条件をのむ覚悟はできたものの、やはり父の著書の完成こそが最優先であり、いつまでもアンダルシアにとどまるわけにはいかない。

そのとき、ろうそくを持った使用人が前方の暗闇から足音もたてずに現れ、フランシスははっと身がまえた。炎に照らされたその姿がひどく恐ろしげなものに見え、あやうく悲鳴をあげそうになる。彼女はどうにか気持ちを抑え、問いかけた。「ダイニングルームはどこかしら？　そちらに伯爵がいらっしゃると聞いたのですが」

三人で食事をするものと思いこんでいたので、使用人に開けてもらった両開きのドアから室内に入り、そこが舞踏室ほども広いのを見たとき、フランシスは驚きに立ちつくした。部屋の周囲には回廊がめぐらされ、イスラム様式のアーチの向こうには、豪華なパーティを開けそうな客間がある。

部屋の中央を照らす荘厳なクリスタルのシャンデリアの下には長いテーブルがあり、果物が高く積まれたボウルや燭台《しょくだい》がのっていた。レースのテーブルマットの両脇には、それぞれにひとそろいのグラスとカトラリーが用意され、ノマダス・イ・アキラ伯爵の紋章であるワシの頭部がそのひとつひとつに刻まれている。それらはどう見てもふたり分だった。

「こんばんは《ブエナス・ノチエス》、セニョリータ。寝室は気に入ったかな？」

呆然《ぼうぜん》としてテーブルを見つめていたフランシスは、声のしたほうへ顔を向けた。伯爵は白いディナージャケットに黒いズボン、前身頃と袖口に青い刺繍《ししゅう》のある淡い色のシャツという装いで、正装でいながらくつろいだ様子だった。彼が手首を返してプラチナの腕時計を見たとき、袖口のダイヤモンドがきらりと光った。

伯爵はにこりともせずに続けた。「時間厳守はきみの長所のひとつのようだな。食前酒でもどうだ。それとも、すぐに食事を始めようか？」

フランシスは正装にはほど遠い自分の格好が恥ずかしくなり、顔を真っ赤に染めた。実用本位のスカートと、清潔だけれどやはり機能優先のブラウスという装いを見下ろしながら、ドアのほうへあとずさる。「すみません、伯爵……ディナーにふさわしい格好をしていないもので」彼女は息を切らしながら弁解した。「あの、わたしの部屋に何か持ってきていただいたほうが――」

「ばかなことを！」

伯爵は彼女の言葉に取り合わなかった。フランシスの荷物が少ないことは承知しているのだから、じつのところ彼のほうがとがめられるべきだったが、その点については謝ろうともしない。

「座ってくれ、セニョリータ。今日は一日ほとんど何も食べていない。ぼくと同様、さぞおなかが減っているだろう」

たしかに空腹だった。フランシスは伯爵の言葉に同意し、部屋の中央へ足を進めた。用意されたふた組のテーブルセットが再び目に入り、思わず眉をひそめる。「この時間、お子さんたちが同席しないのはわかりますが、伯爵、奥様はどうされたのですか？　伯爵夫人も同席されるんでしょう？」

「また質問か！　きみは質問ばかりだな！」

伯爵は明らかにフランシスを出しゃばりで、うるさい女だと思っている様子で、いかにも不快そうに顔をしかめてみせた。

「うるさい会話で食事を台なしにするものではない。いいから席についたらどうだ、セニョリータ・ロス。食事の美学を知らないとは、嘆かわしいことだ。すばらしい食事をしたあとは、人は前よりもよく考え、よく眠り、よく愛せるようになると、これからぼくが教えてやろう」

伯爵は彼の右側の椅子をフランシスのために引いた。空腹だったし、これ以上議論しても何も得られないと考え、彼女はおとなしくその椅子に座った。もっとも、心の中では固く決意していた。この家とみずからの現状について詳しく教えてもらうまで、今夜はけっして寝室には戻るまい、と。

優雅なダイニングルームでの食事が始まり、ほとんど無言のうちに時が進んでいった。部屋の壁は明るい色のモザイクで飾られ、磨きあげられた木の床には、あちこちに贅沢《ぜいたく》な絨緞《じゅうたん》が敷かれている。香《スーク》りのついた水の入ったボウルに三本の指をひたす儀式のあと、暗い迷路のような通りや市場やカスバの雑踏を思い出させる異国風の料理が供された。

最初はブスティラという料理だった。幾重にも重ねられた薄いパイ生地のあいだに、鳩《はと》の肉と砂糖と香辛料を混ぜたものをはさみ、軽く揚げて、フライパンから皿に移したあと、シナモンと粉砂糖をかけたものだ。

伯爵は料理とともにワインを飲んだが、フランシスは口にしなかった。伯爵がデザートに葡萄《ぶどう》やスグリ、アーモンドの実を選んだとき、彼女は小さなアーモンド入りの焼き菓子を選び、一緒に冷たい牛乳を頼んだ。

異国風の食事が終わるころ、フランシスは満ち足りた気分になり、もはや避けられない話し合いを始める心構えができていた。薔薇《ばら》の香りがする水の入ったボウルで指先を洗っていると、伯爵も満足した様子で立ちあがった。

「客間に移ろう。そのほうが落ち着くはずだ。酒かコーヒーか、あるいはミント・ティーでも持ってこさせようか？」

フランシスはかぶりを振り、満足のため息とともに席を立った。「この牛乳でけっこうよ」

彼女が半分ほど残っている牛乳のグラスを取ろうとすると、伯爵が手を上げてそれを制した。

「いや、使用人に運ばせる」

「あら、そんな必要は……」

「使用人が気を悪くしてもかまわないのか？」伯爵の口調は厳しかった。

あなたは何から何まで人にしてもらうことに慣れているんでしょうけれど、わたしはあなたとは違うの。そう言い返したいのをこらえ、フランシスはアーチをくぐって隣の客間へ行った。床から天井まである窓はカーテンに覆われ、絨緞の敷かれた白い大理石の床に、銅製のランプが柔らかな光を投げかけている。

三方の壁沿いには、クッションの置かれた長椅子がならんでいた。フランシスはそのひとつに腰を下ろし、刺繍のほどこされたワイン色のクッションの柔らかさに驚いた。同じ模様のクッションが床のあちこちに置かれている。

使用人が牛乳の入ったグラスを彼女の前に、伯爵のブランデーのグラスを銅製のテーブルに置いたあと、ふたりを残して立ち去った。

伯爵はテーブルのそばに立ったまま物思いにふけっている様子で、葉巻の先を見つめている。うつむいた顔にランプの光が当たり、こめかみの白い部分を際立たせている。

フランシスは彼をじっと観察した。考えに沈んだ横顔。くつろいでいるように見えて、必要とあれば鋼のような強さで反応するはずの体。

伯爵は葉巻を歯でくわえ、その先に火をつけようとしたが、そこでフランシスの存在を忘れていたことに気づいたらしい。彼はためらいのしぐさで火を消し、オニキス製のライターに手を置いたまま問いかけた。「すまないが、セニョリータ、葉巻を吸ってもかまわないかな?」

もちろん、この質問は形だけのものだった。伯爵は自分のしたいようにする権利を神から認められたものと思いこんでいる。それでも、彼の思いがけない気配りがフランシスはうれしかった。

「ええ、どうぞ」彼女は笑みとともに答え、なつかしそうな表情を浮かべた。「たばこの香りは好きよ。じつを言うと、この何カ月か、父が好きだったパイプの刺激的な香りが恋しかったの」

「ありがとう《グラシアス》」伯爵は言い、葉巻に火をつけて腰を下ろした。

ふたりのあいだには小さな銅製のテーブルがあるきりだった。伯爵との距離が近すぎて、フランシスは落ち着かない気分だった。

でも、ありがたいことに、伯爵はわたしを魅力的な女などとは思っていないようだ。そう考えて安堵《あんど》しながら、フランシスは自分自身と同じくらい場違いに見える牛乳のグラスに手を伸ばした。

そのとき、ふと気づいた。自分の同類とも言える牛乳のグラスは、この館では孤立無援のわたしにとってある種のお守り代わりなのだ、と。わたしは無意識のうちに、信心深いイスラム教徒と同様の行動をとっていたらしい。彼らはお守りを肌身離さず持ち歩き、どんな危険が迫ったときでもそれを握り締めれば災厄から守ってもらえる、と信じている。

ところが、そのお守りが効力を発揮してくれなかったのか、慎重に伸ばしたはずの手が震え、つかみそこねたグラスが倒れて、中身が伯爵の染みひとつないズボンにかかってしまった。

フランシスは滑稽なほどに狼狽《ろうばい》した。「ごめんなさい。いつもだったら、こんな不注意なことはしないんだけれど」

彼女は大あわてでポケットからティッシュを出し、ズボンをふこうとした。だが、伯爵がその手をつかんでやめさせた。しっかりと手首をとらえた指は鉤爪《かぎづめ》のようだった。

「わかっている。ふだんのきみは不注意などではない。その逆に、いつでも冷静で慎重で、お好みの飲み物と同じく健全なんだろうな。気にすることはない。これくらいの汚れは簡単に取れる」

フランシスはなおもズボンをふこうとしたが、伯爵はそれを制し、立ちあがった。手首が解放され、彼女はふたたび指の先まで血が通うようになるのがわかった。

「ちょっと失礼する。すぐに戻る」

伯爵は部屋を出ていった。フランシスはみじめな気分で、ふだんならありえないような不運な失態についてくよくよと考えた。

ムーア人の王子がお気に入りの愛妾《あいしょう》のために建てたというこの館に足を踏み入れてから、彼女はいつもの落ち着きをすっかり失っていた。これほど贅沢な雰囲気の場所を訪れたのは、生まれて初めてだった。

伝説の黄金郷《エル・ドラド》の王と同じく、ここを支配する男性はその贅沢さの中で暮らす喜びを味わうことができないらしい。単純な事柄を楽しむことを、愛情を持って彼に教える者はいなかったのだろうか。

伯爵夫人が姿を見せないのはなぜだろうかと考えていたとき、視界の隅に動くものを認め、フランシスは向き直った。アーチ形の通路に腕を組んで立っている人影に、視線が吸い寄せられる。

一瞬、王子の亡霊が現れたのかと思い、彼女は息をのんだ。イサベラを愛するあまり、慣習や伝統に逆らい、愛妾を王妃にしたというムーア人男性の亡霊だ。

長身の人影は、低い位置にさがっているランプの光が届かないところにいた。くるぶしまでの長さのある白い上着を着ているようだ。上着の裾は長く、ゆったりとしたひだが広がっている。日中の暑さにも夜間の冷えこみにも強く、砂漠の男性たちに好まれている長衣だ。

その人影が明るいほうへ動いたとき、フランシスはそれが通常の長衣ではなく、王族のための衣類であることに気づいた。肩口の部分には凝った刺繍がほどこされ、鉤爪形の金色の留め金があり、色とりどりの宝石がちりばめられている。

「そう驚いた顔をすることもないだろう、セニョリータ。アラブの遊牧民なら誰でも、バーヌースはとても使い勝手のいい衣類だという意見には同意するはずだ。とくに夜、くつろぐのにいい」

軍旗をはためかせる戦士たちを率いていてもおかしくないような人影が、伯爵の静かな声で告げる。フランシスはその伯爵を見つめ、ショックに身を震わせた。たくさんの戦利品を鞍《くら》につけ、アラブ馬の純血種の手綱を引いて、誇らしげに家路につく将軍のようだった。

伯爵は大股で近づいてくると、フランシスの不安げな顔をのぞきこんだ。彼女は思わず身を引いた。不意に、世間知らずのうぶな少女に戻ったような気がした。

「澄ました顔をしているが、心の中ではどんなよからぬことを考えているのかな。育ちはよいものの獣のように野性的な男を前にして、そんな男の狩りの腕前はどれほどだろう、とでも想像をめぐらしているのか？　安心していい、セニョリータ。今夜は獣はうろつかない。家族のことで頭がいっぱいで、そんな楽しみにふける余裕はない」

伯爵はあざけるように笑い、彼女の繊細な心を傷つけた。

フランシスは困惑しながらも、できるだけしっかりとした口調に聞こえるよう心がけて応じた。「それがわかってうれしいわ、セニョール。あなたが公表はしないまでも妻と家庭を持っていると知っていたら、誘拐されてもおとなしくしている気になれたのに。お子さんは何人いるの？　息子さんなの、娘さんなの、それとも両方かしら？」

伯爵はフランシスの隣に腰を下ろした。ブランデーのグラスに手を伸ばし、その中身をゆっくりと時間をかけて半分ほど飲んでから、彼女を愕然《がくぜん》とさせる言葉を口にした。

「妻がいるとはひとことも言っていない、セニョリータ。息子や娘もだ。だが、家族となれば何百人もいる」

フランシスが目を丸くしたのを見ると、伯爵はもう少しでほほ笑みそうになり、グラスをテーブルに置いて、あきらめたような口調で続けた。

「長い話になるが、すっかり聞かないときみは納得しないだろうな。まず、わが家の名前に含まれている意味を説明するところから始めよう。ノマダス・イ・アキラ伯爵というのは、何世紀も前、最初の伯爵が館を建てたときに生まれた名前だ。〝放浪の民《ノマダ》とワシ《アキラ》の伯爵〟という意味で、放浪の民もワシもこの場所以外では保護は望めないのだから、適切な言葉の選択と言える。イベリア・カタシロワシはムーア人がやってくるよりもずっと前からこの一帯を繁殖地にしていた。放浪の民たち、つまり〝ロマ《ヒタノ》〟と呼ばれる人々がやってきたのは、彼らが激しい社会的な弾圧を受けた時代と一致している。いやがらせを受け、虐げられ、不当な差別に苦しんだすえ、彼らのうちのある一族がムーア人の王子に保護を求め、領地の一部にとどまることを許された。その一族は峡谷の洞穴に住みつき、現在もこの地で暮らしている」

「あなたの言っていた家族というのは、ロマの一族のことだったの？　わたしがその人たちの教師になると、本気で思っているの？」フランシスは憤慨を隠しきれない声できいた。

　それを聞いたとたん、伯爵はさっと顔を上げた。フランシスは彼の東洋風の漆黒の瞳が鋭くきらめくのを目にし、思わず身を縮めた。

「ロマ民族に対して、きみも世間の大半と同様の偏見を持っているらしいな、セニョリータ。どの国に行っても、彼らはスケープゴートにされてしまう。何世紀にもわたって、ロマたちは生まれついての犯罪者のように扱われてきた。彼らが他者の価値観に従うことを拒否し、一族の生活様式や習慣、言語を守りつづけたことが、周囲からうとまれ、嫌われる原因になった。彼らが世俗的なものを軽蔑するせいで、金銭ずくの社会の目からは貧困や犯罪の温床のように見られているが、実際はとても道徳的で良識ある人々なんだ。残念ながら、ロマたちの行く先々で、彼らに罪をかぶせてしまえばいいという魂胆から、その土地の犯罪者たちがいっそう悪事を重ねる傾向もあるらしい」

伯爵がロマ民族に対して特別に強い仲間意識を持っていることは、その熱烈な口調以上に、頬骨が目立つ頬に赤みが差しているところにはっきりと見て取れた。とはいえ、ロマを彼の家族と呼んだり、みずからがロマの一族のリーダーであるかのように話したりするのは、本来のつながりをはるかに超えた表現のように思えた。

「ロマの文化について、わたしは詳しく知らない。でも、自分たち以外の〝よそ者〟である人たちを軽蔑し、排他的な共同体にこだわる態度のせいで、〝ロマに生まれついた者だけがロマになる権利がある〟と言われるんじゃないかしら」

フランシスは伯爵がかすかに口元をゆがめたのに気づいた。彼女の言葉にたじろぎ、傷つけられたかのようなしぐさだった。けれど、こちらに気まずい思いをさせるためにわざとしているのかもしれない。そんな考えが浮かぶと、怒りを感じ、さらなる非難の言葉が口をついた。

「わたしの国にいるロマの子どもたちは、放浪生活に慣れてしまっているせいで、学校の時間割に従わないことが多いわ。教室で長時間静かにしていることができず、授業の妨げになることもあって、イギリスの教育になじませるのはむずかしいと考えられている」

「そのとおりだ！　教師たちはロマの子どもたちをクラスの最下位に追いやり、自分たちでなんとかしろと放置する。ほかの生徒に悪影響を与える、そわそわと落ち着かない、騒々しくて不潔で無作法だ、と決めてかかる。それこそがきみをここに連れてきた理由なんだ、セニョリータ・ロス。

よその国に対して手本となるような学校をつくってもらいたいんだ。屋外で授業をし、よけいな負担をなるべく減らすことで、自由を愛するロマの若者たちの気性に合った学校をつくりたい。ロマ民族は長く教育の恩恵を受けずにきた。だが、子どもたちは数の数え方や計算のしかた、読み書きなどを習うべきだ。現代的な生活にすっかりなじむことはなくても、それくらいは必要だろう。歌ったり踊ったり、ギターを弾いたりする以上のことができると世間に示せれば、彼らの生活も向上するはずだ」

伯爵の言葉に、フランシスは全身が震えそうになった。弱みを見せてはかえって危険だと思い、必死に震えを抑える。どうやら、伯爵はわたしをアンダルシアに何カ月も……場合によっては何年も引きとめるつもりらしい。

フランシスは努めて落ち着いた調子を保とうとしながら言った。「申し訳ないけれど、伯爵、わたしにそんな仕事ができるとは思えない。そもそも、子どもたちと意思の疎通ができなければどうしようもないでしょう。もうおわかりでしょうけど、わたしはロマの言葉をほとんど知らない……」

「日常会話なら、すぐにできるようになるんじゃないか？」

伯爵が言葉をはさんだのを無視し、フランシスは続けた。「必要な資格は持っているけれど、実際に教えた経験はほとんどないの。そう、あなたが探すべきなのは、クラス全員をひとつにまとめられるような熟練した教師よ。ロマの子どもたちに学ぶことの楽しさを教え、育てる――そういうあなたの目標に共感してくれる人よ。その仕事をじっくりとこなすために、アンダルシアに長期間とどまれるような人よ」

「そんな教師ではだめだ。そんな実験的な試みはすでに何度もおこなわれて、ことごとく失敗している。ロマたちは見知らぬ者が偉そうに入りこんでくるのを嫌うからだ。きみの物静かで穏やかな性格が、きっと役に立つだろう」

伯爵が肩をすくめたせいで、上着についている宝石が周囲に光を放った。彼の口調は断固としたもので、フランシスの自由への最後の望みを断ち切るような響きがあった。

「言葉の壁については、さほど心配はいらない。ロマには独自の言葉があるが、きみが教えるはずの一族の子どもたちはスペイン語も話せるから。彼らは長いこと伯爵家の保護下にあったので、少しずつ言葉を覚え、いまでは地元の農民たちとの会話にも困らないようになった。もっとも、ロマのほうでその気になればの話だが。でなければ、彼らは自分たちだけの秘密の伝達手段を使うことになる。地面に線を描いたり、茂みの草をねじったり、何世紀も前に彼らの文化を生みだした東方の先祖たちから伝わった方法を用いて」

不意にいらだちを感じたかのように、伯爵は葉巻を一度大きく吸ってから、手元にあった灰皿に押しつけて火を消した。

「いちばんの心配ごとは解決したかな、セニョリータ？　鳩が豆をつつくようにすばやく単語を覚える子どもたちのことについては、これ以上心配する必要はないだろう」

伯爵の言葉からは、その裏側に潜む強いプライドが感じられた。

「この仕事を引き受ける気はないとはっきり言っているでしょう」フランシスは言い返した。「なのに、わたしが承諾したかのような話し方をしているわ」

「ぼくが希望すれば、そうなる。ぜひともそうしてもらいたい」

伯爵が立ちあがると、白い長衣が翼のように長身の体を包みこんだ。彼は白い歯を見せ、ユーモアのかけらも感じられない笑みを浮かべた。

フランシスは激しい無力感を覚えた。まるでイベリア・カタシロワシの巨大な影に覆われ、身動きできずにいるスズメのような気分だった。

5

「ドロボイ・チュム、ロマニ・チ」

伝統的なロマの挨拶と思われる言葉を聞き、フランシスはあいまいにほほ笑んだ。

「ありがとう《グラシアス》、サベリタ」スペイン語で応じる。「伯爵にロマの言葉を教えてもらわなければいけないわね。あなた方の言葉で返事ができるように」

「〝ネイス・チュク〟というのが、いまのような挨拶に対する返事よ。文字に書かれたものがなくても、わたしたちは昔もいまも完璧なロマの言葉を話せる。言葉は秘密ではあるけれど、死に絶えさせてはいけないと考えているから。言葉があれば、世界中どこへ行っても、自分たちの仲間と自由に会話ができるでしょう」

サベリタはフランシスの寝室を歩きまわり、ついてもいないほこりを布地から払ったり、カーテンを引っ張ったり、装飾品をこちらへ、花瓶をあちらへと動かし、引き出しやたんすをのぞきこんではがっかりしたような表情を浮かべたりした。

このフラメンコの館にフランシスが来てから二十四時間というもの、サベリタは彼女の保護者であり、使用人であり、友人でもあった。彼女は情報の提供者にもなり、キッチンでつくられている料理から伯爵の子どものころの様子まで、さまざまな話を聞かせてくれた。

早くに両親を失い、さびしく過ごした少年時代。向こう見ずだった青年時代……このあたりになると、サベリタの伯爵にまつわる話には、彼女自身の想像がかなり混じっているのではないかと思えてくる。サベリタに言わせれば、現在の伯爵の近づきがたい態度も、献身的な妻がいなくて孤独なせいだということになる。

伯爵に関する話には興味があったし、生まれた直後から献身的に世話をしてきた伯爵へのサベリタの愛情にも動かされて、フランシスはあえて話をさえぎろうとはしなかった。ただ、聞けば聞くほど、この年老いた女性の想像力が暴走しがちだという思いを強くした。

サベリタはたんすの扉を大きく開け、ハンガーにかかっているシャツやジーンズを眺めて、怒ったような声をあげた。

「こんな服ばかりで、ロマニー・ライの気を引けると思うの？　ミツバチが鮮やかな色の花弁に引き寄せられるのと同じよ。彼の視線を引きつけるような色がなくてはだめ。襟元は広く開けて胸の谷間を見せて、腰には深いスリットを入れて脚を見せないと。ヒップにぴったり張りついたスカートで男を魅惑し、興奮させるの。緋《ひ》色やオレンジ色のショールを巻いて、金のブレスレットやイヤリングで彼の耳に音楽を響かせるのよ。そんなに見事なプロポーションに恵まれていて、男が息をのむようなミルク色の肌をしてるのに、どうして男の子みたいな服で女らしさを隠してしまうのかしら?」

サベリタはあきれたと言わんばかりの態度で、たんすの中の服のほうに手を振ってみせた。

「伯爵は気むずかしい人よ。あの人の心の中の悪魔を追いだすには、あなたのように魅力的で献身的な奥さんが必要なのよ」

彼女の言葉に驚き、フランシスはしばし言葉を失った。ショックを受けると同時に、ばかげているとも思った。とんでもない、年をとって頭が混乱しているのではないかと言って笑いたい衝動がこみあげてきたが、どうにか思いとどまった。

フランシスは老女を落ち着かせようとして、おもむろに口を開いた。「伯爵とは二日前に会ったばかりなのよ、サベリタ。彼に対して特別な気持ちはないし、彼のほうも何も感じていないに決まっているわ。あなたがそんなことを言う理由がわからない。冷静になってよく考えてみて。伯爵なら、アンダルシアじゅうの美しい女性の中から、好きなように花嫁を選べるでしょう。わたしのことなど目にとめてくれなくていいわ。常識的に考えれば、わたしが伯爵の気を引くなんてありえないことなのよ」

サベリタはかぶりを振り、怖いほど真剣な顔をしてみせた。「いいえ、違う。あなたとロマニー・ライがパンと塩を手にすると、星や砂に、惑星の動きにちゃんと書かれている」

フランシスはひどく落ち着かない気分になり、窓辺に歩み寄って、雄大なシエラネヴァダの山並みやその手前に見える緑の谷間の景色に意識を集中させようとした。

眼下には館の庭が広がり、アーチ形の門に蔦《つた》がからまっている。陶器製のタイルを敷いた中庭には、レモンの実がたわわに実っている。近くの噴水からは水がほとばしり、水面に浮かぶ睡蓮《すいれん》の葉にしぶきを降らせている。そこにはかつてムーア人の王子の東洋風の顔と若い花嫁の顔とが映っていたかもしれない。

未来を予見する力があると確信している年老いたロマの女性が相手では、ちゃんと議論などできそうにないので、フランシスは話題を変えることにした。「伝説の花嫁はどんな人だったのかしら？　肌は色白だったのか、浅黒かったのか。やせていたのか、ふくよかだったのかしら。おとなしかったのか、それとも活発だったのか。いずれにしても、さぞ魅力的な女性だったんでしょうね。言い伝えによると、ムーア人のご主人は彼女を愛妾《あいしょう》として服従させるばかりでなく、古いしきたりを破って花嫁にしたんですものね」

「イサベラはすてきな女性だった。眉はきれいな弧を描いていたわ。ジャスミンのつぼみのような鼻、ほっそりとした首。顔は鳥の卵のようで、唇はザクロの実のようだった」サベリタは歌うように言った。「それほどの美しさを、ムーア人が見逃すはずもない。だけど、ムーア人の王子は最初からイサベラを花嫁にしたわけじゃなく、魅力が薄れるまで、とりあえず手元に置いておくつもりだった。その足枷《あしかせ》が金とダイヤモンドでできていたとしても、けっして飼いならされたりしないロマの女にとっては、やはり足枷にすぎない。だから同じ一族の年長者たちが協力して、ムーア人の主人を懐柔することで立場を逆転させ、彼女を囚《とら》われの身から救おうとした」

フランシスは興味を引かれ、サベリタのほうに顔を向けて言った。「伯爵によると、ロマの一族はムーア人の王子に、いやがらせや迫害、不当な扱いからの保護を求めたそうね。だから、彼が美しいロマの女性に夢中になっても、一族の者たちは権力と影響力を持つ男性に対して圧力をかけるようなまねはしなかったのでしょうね」肩をすくめ、つけ加える。「もっとも、時の流れは事実をつくり話に変える。すべては大昔のことだわ」

サベリタは怒りの表情を浮かべ、声を荒らげた。「フラメンコが伝える物語は嘘《うそ》じゃない！　フラメンコの物語は、父親から息子に口伝えで引き継がれる。語り手はロマの歴史を忘れず、わたしたちが何世紀も前に東方から移動した歴史を記憶し語りつづけることで、日々の暮らしを伝え、伝統や文化を守っている。わたしたちの多くは読み書きができないけれど、音楽は書き記す必要がない。わたしたちの希望や怒り、恐怖などを表現し、スペインばかりでなく、世界中のロマをひとつにまとめる重要な絆《きずな》なのよ。フラメンコがなかったら、イサベラが属していたわたしたちの一族が、月を陰らすほどの強力な呪《のろ》いをかけたという話が伝えられることはなかったわ。ムーア人の王子の飲み物に媚薬《びやく》を混ぜ、愛妾として奴隷のような扱いを受けていた素足のロマの女を花嫁にさせてしまうという話も。そしてフラメンコがなかったら、ムーア人の王子を説得し、最初に生まれた男の子にロマネスという名前をつけさせたのかもわからなかった。その名前こそ、男の子が自分の体にロマの熱い血が流れているのを忘れず、彼のロマの家族がロマニー・ライ、真のロマの男を支配者とすることを望んだ事実を忘れないようにするものだった」

ロマニー・ライ！　フランシスはサベリタが伯爵に向けて使う名前の意味を初めて理解し、ショックを受けた。それでは、最初のノマダス・イ・アキラ伯爵夫人はロマに属していたのだ！

でも、いまではその名残も消え、何世代も貴族の血筋が続くうちにロマの血は絶えたと考えてもいいのではないだろうか？　あるいは、それはひそかに繁栄し、東方に起源を持つロマにだけわかる謎めいた方法で、強められてきたのだろうか？

東方の地にはいまも占いや迷信が根強く残り、そこは行者や隠者、タブーや奇跡の地とされている。現代人の理解の及ばないような、火渡りや空中浮遊を見せる者もいる。神にささげる謎の儀式がおこなわれ、不吉な〝凶眼の魔力〟から身を守るため、人々は魔よけや青い数珠を身につけている。

フランシスは息をのみ、眉をひそめて言った。「あなたの一族は伯爵という保護者がいて幸運ね、サベリタ。伯爵はロマに対して強い愛情を持っているみたい。でも、いまではロマの血がとても薄くなってしまっている彼との関係を、それほど熱心に主張するのが不思議だわ」

フランシスは相手を怒らせてしまったのではないかと心配になり、年老いたロマの女性の顔をうかがったが、驚いたことにサベリタは満足そうに笑っていた。

サベリタは自慢げに顎を上げて応じた。「わたしの主張が正しいことは誰の目にも明らかよ。どの世代も、ワシの翼を持つ伯爵の存在によって祝福されている。あの白い印は、最初の伯爵夫人から現代まで、彼女の家の子孫に代々引き継がれている。それこそ、彼がわたしたちの仲間であることのあかしなのよ」

サベリタの勝ち誇ったような笑い声が寝室いっぱいに響く。それを聞きながら、フランシスは部屋をあとにし、階段を下りた。館の裏手の中庭で待っているという伯爵からのメッセージを受け取っていたからだ。

伯爵は格子づくりの棚に寄りかかって立ち、木立の向こうに見える山々の灰色の岩肌や、険しい山道、谷間に咲く花々を見ていた。雪解け水の流れに寄り添うように、紫色のアヤメや青いツルニチニチソウが花をつけ始めている。

フランシスが足音をほとんどたてなかったので、しばらくのあいだ、伯爵は彼女に気づかなかった。

フランシスは甘く新鮮な春の匂いを深く吸いこんだ。その匂いは低い斜面に広がり、イチジクやマルベリー、ポプラなどの梢を包んで、春の訪れを告げている。葉を大きく広げ、つぼみを開いて、ツバメやカッコウ、美しい声で鳴くサヨナキドリの到来に備えなさい、と。

伯爵は不意に彼女の存在に気づき、振り返りざまに言葉を発した。「おはよう《ブエノス・ディアス》、セニョリータ！　よく眠れたかな。きみと一緒に散歩をしたいと思ってね。うちの地所内からさほど遠くないところに、フラミンゴの集まる湖がある。きっと、驚きと興奮で胸が躍るような光景を見せられると思う」

フランシスは警戒の面持ちで長身の伯爵を見返した。彼は半袖のスポーツシャツにカジュアルなズボンという姿で、襟元には金色のメダリオンが揺れている。

前夜、伯爵は東洋の権力者のオーラを発散させていた。けさのフランシスの心の中にはまだサベリタの言葉が残っていて、伯爵のどこかおもしろがっているような様子に困惑を覚えた。

「ありがとう。ぜひ行ってみたいわ」フランシスは口ごもりながら応じた。「ただ、少し待ってもらえないかしら？　寝室に行ってカメラを取ってくるから」

「それにはおよばない。フラミンゴの湖の美しい光景は、長年の研究とともにあらゆる角度から写真におさめられている。お父上の本には好きな写真を使っていい。だが、出かける前にコーヒーでもどうかな。あるいは、冷たい飲み物でも？」

「何もいらないわ、ありがとう」フランシスはあわてて答えた。傲慢な態度で、鋭いまなざしのスペイン人男性と会話を交わす機会は、なるべく少なくしておきたかった。

「いいだろう。それなら、さっそく出かけよう」伯爵はほっとしているようだった。

しばらくのあいだ、ふたりは黙ったまま、伯爵家の広大な地所を抜ける小道を歩いていった。あたりは花やつぼみをつけた低木でいっぱいだった。フランシスの故郷のイギリスでは、いまはまだ春のきざしはなく、つぼみや新緑も眠っているに違いない。

肩に当たる日差しは暖かく、心地よかったが、そのうち暑いほどになってきた。冷たい風に用心して着てきたセーターやスカーフが、日焼けよけの役目を果たすことになりそうだった。

あたりの空気はひっそりと動かず、草木の豊かな香りに満ちていて、ずっと聞こえているせせらぎの音が涼しげな雰囲気を生みだしている。館の噴水に流れこむ水は、雪山の地下深くにたまった水が染みだし、岩肌を滴り落ちたのち、ふもとの岩の裂け目や洞窟から湧きだしたものだった。

「セニョール、わたしはスペイン全体が平坦《へいたん》で乾燥した土地だと想像していた。こんなふうに……緑豊かなオアシスがあるとは、どこにも書いていなかったわ」フランシスはため息とともに言った。

伯爵は足元に気を取られていて、すぐには彼女の言葉の意味をのみこめなかったようだった。だが、理解すると黒い瞳が輝き、固く結んでいた口元にうっすらと笑みが浮かんだ。

「ありがたいことに、このあたりは水が豊富なんだ。冬のあいだはそのまま谷に流してしまうが、夏になると水路に導き、一部は村での生活に、残りは灌漑《かんがい》に使う」

「それは幸運なことだわ。イギリスでは庭で小さな草花を育てるのがやっとだけれど、ここではアプリコットや柿が実り、オレンジの木までが立派な実をつけるのね」

「ただし、秋には強い風が吹くこともあるし、冬はやはり寒い。一年のうち冬場の何カ月かは、館の大半を閉めきり、山から切りだしてきたオークの薪で暖まる程度の小さな広間をひとつだけ使うようにしている」伯爵は反応をうかがうようにフランシスに目をやり、言葉を続けた。「もっとも、イギリスの冬に比べたら、ここの冬はおそらく穏やかな部類に入るだろうな」

その後しばらくは会話が途切れ、ふたりは色鮮やかな地所の周囲を縁取るようにならんでいる栗《くり》の木のあいだを歩きつづけた。

やがて沼地に出ると、伯爵はフランシスを案内しながら、種類のわからない鳥の雛《ひな》が顔を出している巣や、色彩の豊富なトカゲ、頭上に生い茂る葉の隙間から優雅に飛んでいるのが見えるワシの姿などを、うなずいたり指差したりして教えた。

栗の林の小道に戻ってふたたび会話が途切れたときも、フランシスはべつに気まずい気分にはならなかった。伯爵の沈黙には何か意味があるらしいと感じられた。

推測は的中し、やがて単調な低い音が聞こえてきた。目には見えないものの、近くに不穏な集団がいるかのように、しだいに音が大きくなる。

フランシスは不安になり、問いかけるような視線を伯爵に向けたが、彼は謎めいた笑みを浮かべ、先へ進むよう手で促した。彼女はそれに従った。困惑しながら一歩前に踏みだすたび、奇妙な音が大きくなっていく。それが何の音なのかは、まったく見当がつかなかった。

十分後、林が尽きて前方が開けたとたん、フランシスはこれまで見たことのない、途方もなく美しい光景にでくわし、強い衝撃に打たれた。

彼女が立ちつくしている場所から数百メートルの位置に大きな湖があり、セイタカシギに似た鳥の姿が目に入った。鳥たちの向こう側が不思議な白い羽毛で覆われているように見え、その下で湖面が波立っている。

自分の目が信じられず、フランシスはまばたきを繰り返した。伯爵に促されて前に進むと、白い幻のように浮かんでいたものはフラミンゴの大きな群れであることがわかってきた。フラミンゴは長い首を伸ばしたり縮めたり、大きな声で鳴き交わしたり、たがいに押し合ったりしながら、細い脚で水場に立っている。どの鳥もせわしない動きで首を低く垂れては浅瀬にくちばしを突っこみ、餌を探している。人間に観察されていることには気づいていない。

伯爵はフランシスを導き、水際の鳥たちのそばへと少しずつ近づいた。だが、近づきすぎたらしい。突然、群れ全体に警報が走り、鳥たちはいまにも飛び立とうとするように激しく羽ばたいた。羽毛の色が白から鮮やかなピンク色に変化する。

一瞬、湖全体が薔薇《ばら》色の霞《かすみ》に包まれたように見えた。鳥たちは騒々しく鳴きながら揺れ動いたが、伯爵とフランシスがあとずさると、騒ぎはおさまり始めた。鳥たちは羽をおさめると、群れ全体の色があせ、元の白い色へと戻っていった。

フランシスは栗の林に戻り、そこで初めて伯爵に感謝の言葉を述べた。「すばらしい光景を見せてくれてありがとう、セニョール」心から感激していたものの、大げさな言い方はふさわしくないような気がしたので、簡潔な表現にとどめる。

「こちらこそ感謝している、セニョリータ。フラミンゴの湖をきみの目を通して見ることで、初めて見たときの感動を思い出した。野生の繁殖地がなくなり、いまの子どもたちやそのまた子どもたちが見られなくなるかと思うと、残念でならない。檻《おり》に入れられたり、高いフェンスの中に閉じこめられたりしていない、自然の状態で鳥や動物を見る喜びを味わうことは、たぶんできなくなるだろう。だからこそ、きみがお父上の本の最終章を完成させることは大事なんだ。当初は文学的な意味で評価されるかもしれないが、将来はアンダルシアの自然史における貴重な資料と認められるだろう」

フランシスはうれしさに頬を染めた。踏み固められた道を外れ、伯爵が彼女の手を握って草の生い茂る小道に入っていったときも、抵抗する気にはならなかった。彼女の顔に枝が当たらないように気遣いながら、伯爵は林の脇の開けた場所へとフランシスを連れていった。

そこには小川の滝が流れ落ち、滝壺《たきつぼ》が小さな淵《ふち》となって輝いていた。淵の水は底の小石が見えるほどに澄んでいる。細い水草が何本も、ダンスを楽しむようにゆったりと、水の中で揺れ動いている。

淵の周囲に突きだした岩棚は、シダ類や淡い緑色の葉を持つ草、小さな白い花々で覆われていた。近づいてみると、白い花は強い香りを放ち、それがまるで香水のようにその場所全体に漂っていた。

「バジルの白い花が咲かないと、この秘密の淵を見つけるのはむずかしいんだ」

伯爵は岩棚のそばにしゃがみこんでバジルの葉を一枚ちぎり、手のひらで握った。香草の香りがあたりに漂う。

「このハーブはムーア人がインドから持ちこんだ、と言われている。インドではクリシュナ神に献じられた葉で、毎日の料理に使われ、花は献身のシンボルとされる。ロマにとっては、愛の儀式で特別な意味のある植物だ」

伯爵が彼らしくもない奇妙なことを言いだしたので、フランシスは驚いて彼を見つめた。わけもなく頬が熱くなるのを感じていた。

「バジルときみは、どこか似ているような気がする、セニョリータ」

「どちらも小さくて色が薄く、目立たないってことかしら？」フランシスは唇が震えそうになるのを抑えて尋ねた。

「とんでもない」

伯爵がかぶりを振るのを見て、フランシスはどきりとした。圧倒されるほどの香りには、人を困惑させるような魔力でもあるのだろうか。

「この地方にはこんな言い伝えがある」伯爵はゆっくりと告げた。「〝バジルは優しく扱えば気持ちよくこたえるが、傷つけるとサソリを生む〟と」

その言葉が和平の申し出なのか嘲弄なのか、フランシスにはわからなかった。からかっているわけではないはずだと考えたとき、伯爵がふたたび口を開いた。

「ぼくが提案した仕事について検討してくれたかな、セニョリータ・ロス？　ワシの生態研究は、それに没頭するとなると、孤独で疲れる仕事になるだろう。きみは子どもが好きらしいから、数時間でも子どもを教えるのは、単調な日々の息抜きになるかもしれない」

きのうこの件を持ちだしたときの乱暴な命令調とは異なり、丁寧な依頼の口調だった。よそよそしく謎めいた表情で、両のこめかみがイベリア・カタシロワシと同じように白くなっている伯爵が口にすると、その言葉には奇妙な説得力があった。彼があえて戦略を変えてきたことに疑いをいだきながらも、フランシスは異議を唱えられなかった。

緊張をはらんだ静寂にそれ以上耐えられず、フランシスは短い笑い声をたてると、わざと明るい声で答えた。「あなたの勝ちよ、伯爵！　いいわ、あなたの言うとおりにする。でも、ひとつ条件があるの。サベリタは、あなたがわたしを花嫁にするためにここに連れてきた、と思いこんでいるわ。彼女にきちんと説明してちょうだい、それは誤解だと」

フランシスは、もしかしたら伯爵が笑いだすかもしれないと思った。あるいは、しかめ面をするかもしれないと。彼の反応はまったく予測がつかなかった。

しかし、めったに笑わない伯爵の笑顔が見られるのではないかという期待は裏切られた。伯爵が顔をゆがめ、プライドを傷つけられたかのように不快感をあらわにしたので、彼女はすっかり落胆してしまった。

伯爵は立ちあがり、フランシスを見下ろして冷たい声で言った。「がっかりだな、セニョリータ。使用人を相手に無分別なうわさ話などするなと、わざわざ注意する必要はないと思っていたのに。サベリタのことは叱っておこう。ぼくの命令にそむくとは……。この機会にきみにも言っておく。結婚の話はぼくにとってタブーだと思ってくれ！」

フランシスがはっとするような、苦々しげな口調だった。

「このアンダルシア地方に住む者ならば誰もが知っている話だが、その昔、ぼくは子どものころから好きだった女性と結婚の寸前までいった。だが、結婚式がとりおこなわれる予定だった日の二日前、マリアが心変わりしたという理由で、婚約を破棄された。ただし、事実はそんなことではなく、結婚を取りやめにしたのは彼女の父親だった。狡猾《こうかつ》で残忍な放浪の民の血が一滴でも体に入っている男など、娘の夫として認めるわけにはいかないと圧力をかけ、ひとり娘に無理やり婚約を破棄させたらしい。以来、ぼくは独身の誓いを貫いてきた。善は悪と、生は死と結びついているように、アンダルシアの一族は純血の完全無欠な血統への信仰と分かちがたく結びついているんだ！」

伯爵は体の向きを変え、足元の香草を踏みにじった。愛の花の香りが周囲に重く立ちこめる。何も言えないでいるフランシスに向かって、彼は念を押すように言葉を続けた。

「わかったか、セニョリータ？　ぼくの私生活についてもっと知りたいことがあったら、今後はおしゃべりな使用人にではなく、このぼくに直接きいてもらいたい！」

6

「一《ウノ》、二《ドス》、三《トレス》、四《クワトロ》、五《シンコ》、六《セイス》、七《シエテ》、八《オチヨ》、九《ヌエヴエ》、十《ディエス》！」

本当に十までの単語を覚えたかというフランシスの問いかけに、子どもたちは元気よく答えた。フランシスはよくできましたというようにほほ笑み、子どもたちを見まわした。

「すばらしいわ《ムィ・ビエン》！」惜しみない賛辞を口にする。男の子がふたり、授業から逃げだすチャンスをうかがって椅子から腰を浮かしているのには気づかないふりをしていた。それに、ひとりの女の子のエプロンの下に子猫が隠されていて、授業のあいだじゅう小さな鳴き声がしていることも大目に見ていた。

伯爵の言うとおり、ロマの子どもたちを相手には、無理に押しつけて学ばせるより、なだめてその気にさせるほうがうまくいった。

学校は先週から始まった。その日以来、毎日、イギリスから来た女性教師《マエストラ》のためを思って木陰にしつらえられた黒板とイーゼルの前に、机と椅子がならべられるようになった。生徒たちにとってイギリスは未知の国で、一年の半分を雪に覆われるシエラネヴァダ山脈の山頂付近と同じくらい寒くて暮らしにくい土地というイメージだった。

最初の数日、フランシスは子どもたちに相手にされず、困り果てた。子どもたちは彼らの自由を脅かしに来たマエストラを遠巻きにし、彼女の様子をうかがいながら、遊んだり笑ったりしていた。

それから少しずつ、ぽつりぽつりと椅子が埋まり始めた。しだいに生徒の数は増え、ついには席をめぐってけんかが起こるほどになり、フランシスは新しい参加者には家から椅子を持ってくるようにと言わなければならなかった。

夕食の席での伯爵の冷たい態度は、学校について楽しい報告ができるようになってかなりやわらいだ。その前の晩、フランシスがデザートを断って寝室に戻ろうとしたとき、伯爵は彼女を席に呼び戻し、殻をむいたアーモンドの皿を差しだした。

「ひとつ食べてみるといい。おいしいはずだ」彼女に勧めたあと、伯爵はみずから真っ白な歯で香ばしい実をかじってみせた。「では、学校の生徒たち、その親たちや家について、どんな印象を持っているかを聞かせてほしい。だがその前に、話を滞らせるばかりの敬称はこの際やめにしよう。異存がなければ、ぼくのことはロマネスと呼んでもらいたい。ロマの言葉で〝男〟という意味だ。あるいはロムでもいいが。きみのことはフランシスと呼んでかまわないかな?」

顔を真っ赤にしながらも、フランシスはうなずいて同意を示した。不都合を減らそうという伯爵の気遣いはうれしかったが、それでも、彼に向かって親しく呼びかけるほどくつろいだ気持ちになれる日が来るとは思えなかった……。

「さあ、みんな、午前の授業はこれでおしまい」フランシスは解散の合図に手をたたきながら告げた。「また授業に出たかったら、今度は四時に集まって。みんなが好きな歌や詩をスペイン語に訳してみましょう」

彼女は本を片づけ始めた。枝や葉が天蓋になっているおかげで直射日光は避けられるものの、それでも暑さは厳しい。そのとき、男性の声が聞こえた。

「すみません《ペルミソ》、セニョリータ……」

振り返ると、クルヴァトという男性がほほ笑みながら立っていた。子猫を連れてきた少女の父親だ。

「妻のフルーレが、食事にお招きしたいと言っているのですが」彼は恥ずかしそうに早口で言った。

フランシスはうれしく思いながらも、すぐには返事ができず、道路のほうに目を向けた。たいていの場合、館に戻って昼食をとるため、伯爵が迎えの車を差し向けてくれる。ときには伯爵自身が運転してくることもある。しかし、今日はいつもの時刻を過ぎても迎えは姿を見せず、ロマの住居となっている洞穴のある谷をまっすぐに突っ切る道路が、陽炎《かげろう》の先にかすんで見えるばかりだった。

フランシスはロマの人々についてもっと詳しく知りたいと思っていた。彼らの生来の陽気さは、素足の女性たちがはく色鮮やかなスカートや、ボタン代わりに使われるコイン、金色のイヤリングや派手な男性用のベストを見ればすぐわかる。けれど、実際どんな生活をしているのかはよくわからない。これは彼らの独特な家を見ることのできる、願ってもない機会かもしれない。

「ありがとう、クルヴァト」招待を受けようと決め、フランシスはほほ笑みを浮かべた。この男性は、伯爵が一族のリーダーだと紹介してくれた人物だった。「あなたと奥さんのフルーレに感謝するわ」

これまでは、伯爵が善は急げとばかりに、とりあえず屋外に最低限の必要なものだけをそろえた教室を用意し、学校を始めたために、そして、フランシスがもともと人見知りの性格だったにもかかわらず、ロマたちの中にいきなり放りこまれたために、彼女は簡単には溶けこめずにいた。一方で、ロマたちのほうも、彼女を友人として歓迎してよいのか、距離をおいてつきあったほうがよいのか、決めかねている様子だった。フランシスは自分が何者かわからなくなったような気分でいた。ロマたちと挨拶くらいは交わすものの、孤立している立場に変わりはなかった。洞穴を利用した蜂の巣状の家々のあいだを、大勢のロマたちが毎日忙しく行き来している。けれど、彼女は授業のあいだ、教室代わりの広場から丘陵地にならぶその洞穴を見ているばかりだった。

「それでは、こちらへどうぞ、セニョリータ」クルヴァトは笑顔になり、ゆっくりとしたスペイン語で促した。

ひと口にスペイン語といっても、さまざまな方言があるらしい。フランシスもこの一週間ほどでなんとか理解できるようにはなったが、それでもときおり、ロマの仲間うちだけの単語が混じるとわからないことがあった。

フランシスはクルヴァトのあとを追い、蜂の巣状にならぶ家々を目指した。

円い煙突から煙が上り、水溶き漆喰《しっくい》の上塗りがほどこされた壁には赤い唐辛子の束が飾られ、ぶらさがっている籠からはピンクや白や赤のゼラニウムがあふれるようにして咲いている。

それぞれのドアまで続く小道には、香りのよいハーブの植えられた大きな陶器の壺《つぼ》がならんでいた。針金で固定された小さな壺からは緑色の蔦《つた》が伸び、屋根からアーチ形のドア口へ、さらに窓へと流れ落ちている。

フルーレが、いちばん下の娘のシネレラとともにドア口で待っていた。浅黒い顔をほころばせ、白い歯を見せて客人を歓迎する。

「ドロボイ・チュム・ロマレ、セニョリータ！」フルーレがお辞儀をしながら挨拶の言葉を述べ、娘にも同じようにさせた。

「ネイス・チュク！」フランシスはサベリタから教わった伝統的なロマの挨拶に対する返事を、できるだけ正確に発音した。

フルーレたちが歓声をあげ、フランシスの努力は報われた。彼らの笑顔を見ていると、この一家が幸せで健康で生命力にあふれているのがよくわかる。

なかでも、フルーレはとりわけ陽気な性格だった。豊満な体をオレンジ色の裾の長いワンピースに包み、つややかな漆黒の髪を三つ編みにしてまとめている。大きな目や真っ白な歯、そして濃い眉とまつげが印象的だった。

フルーレもクルヴァトも、古いコインであつらえたさまざまな装身具を身につけていた。フルーレはネックレスとブレスレット、クルヴァトは首に巻いたスカーフに届くほど長いイヤリングとメダリオンだ。広く開いたシャツの襟元からは、浅黒い肌がのぞいている。

フルーレもその娘も靴を履いていなかった。洞穴の家に通されるとき、フランシスは住まいに対する彼らのプライドを感じ、優美な歩き方に感心した。

古い鉄製の差し鍵のついた木製のドアから中に入ると、今度は真っ白な壁と赤い板石の床との対比に魅了される。

よく磨きこまれた銅製のフライパンや鍋、高価ではないが色鮮やかな装飾品、イグサを編んだ座面に、ペンキの塗られた椅子。大きな暖炉もあったが、いまの時期はほとんど薪を使わず、大きな鍋を保温できる程度の燃えさしが炉の隅にあるだけだった。ビーズで飾られたカーテンの陰に部屋がふたつあり、真鍮《しんちゅう》製のベッドや、縞模様《しまもよう》の手織りの絨緞《じゅうたん》とキルトが見えた。

クルヴァトはフランシスを促し、開け放したドアからの風がいちばんよく当たる席に座らせた。フランシスはその厚意をありがたく受けることにした。シネレラが部屋の隅にあった水差しから赤いカーネーションを一輪取り、恥ずかしそうにフランシスに歩み寄って差しだした。

「ありがとう《グラシアス》、シネレラ」少女の可憐《かれん》な歓迎をうれしく思いながら、フランシスは花を受け取った。

シネレラは大まじめな顔つきだが、目だけはいたずらっぽく、明るく輝いている。

テーブルにはすでに青と白の皿が用意されている。フルーレがシチューをよそい始めたとたん、おなかをすかせたいたずらっ子たちがどこからともなく現れ、テーブルに集まった。フルーレはフランシスに申し訳なさそうな顔をしてみせてから、まず子どもたちにシチューを与え、皿とパンを持って壁際に座らせたあと、椅子を三脚、テーブルのまわりにならべた。

「こちらへどうぞ、セニョリータ」フルーレは椅子のひとつを示した。テーブルの上座の位置に立って待っているクルヴァトの左側の席だった。

シチューは濃厚でおいしく、塩気がほとんどない代わりに香辛料がきいていて、鳥や獣の肉の味がニンニクの風味で引き立てられ、ベリーやキノコなども味の決め手になっていた。

フルーレは客を心配そうに見ていた。フランシスは最初のひと口を味わい、家じゅうが息をつめて反応を待ち受けているのを感じながら、躊躇《ちゅうちょ》することなく賞賛の言葉を口にした。

「うーん……おいしい！　こんなにおいしいスープは初めてよ」フランシスはすぐさまふた口目を口に運んだ。

彼女の言葉が、待っていた合図だったかのように、静寂が破られ、子どもたちのおしゃべりやフルーレの笑い声が室内に響いた。クルヴァトは感謝のこもった笑みを見せた。

「みんな、妻は料理上手だと言うんですよ、セニョリータ。心配いらない、きっとあなたにも気に入ってもらえると話していたんです」

「それはあなたがいろいろなものを仕入れてくれるからよ」フルーレは夫に愛情たっぷりのまなざしを投げかけた。「うちの人は本当に頼りになるの。養わなければいけない口数を考えると、たいしたものだわ」フランシスに誇らしげな顔を向ける。

クルヴァトはうれしそうに目を輝かせ、フランシスに説明した。「わたしたちロマは本来は採集生活なんです。狩猟も農耕もせず、自然から食べ物をもらうことを学んできました。ベリーやキノコ類、植物の根、果物。それだけでなく、魚も、毛皮や羽根のあるものも、創造主が豊富に与えてくださる。大地の実りはみんなのもの。鳥や獣は捕っていいけれど、犬と猫と馬を食べるのは厳禁です」

フランシスは思わず眉をひそめたが、クルヴァトには気づかれずにすんだようだった。

「釣りのための疑似餌を最初につくったのはわたしたちロマだし、マスをおびき寄せるための毛鉤《けばり》もそうだと、知っていましたか？　植物から取れるゴムの成分やある種の油から、疑似餌をつくることもできます。油を石に塗っておくと、魚がそれに向かって泳いでくるんですよ。ロマでない者がその光景を見たら、魚の群れが魔法にかけられたんじゃないかと驚くでしょう」

クルヴァトはしだいにみずからの話に夢中になり、ぐっと身を乗りだした。

「しかけや罠《わな》のつくり方は、亡くなった父親がわたしや兄弟のロムに教えてくれたものです。ロムは一族の保護者で、わたしは一族のリーダーの長男だったので、同年代の者よりも先にロマの儀式に精通しなければなりませんでした」

フルーレがかすかに眉をひそめ、横から口をはさんだ。「夫は失礼な気持ちで伯爵を兄弟と言っているわけではないんです。わかってやってください、セニョリータ。高貴な生まれでも、彼はわたしたちの仲間、家族の一員だと思われています」

「失礼な気持ちだと！　おまえはばかか？」クルヴァトは鼻を鳴らし、指の関節をこめかみに押しあてて、妻をあざけるしぐさをした。「兄弟を兄弟と呼ぶのに、どうして説明を加える必要があるんだ？　ロムとわれわれは住まいも食べ物も共有しているじゃないか。兄弟にしか許されないやり方で。彼はナイフの先をわたしの胸に当ててロマの誓いをした。手首を金色のリボンで結び、ロマの名前を名乗った。もちろん、彼はわたしの兄弟だ！」目に怒りをたぎらせ、激しい口調で続ける。「不実な花嫁に捨てられたとき、彼がどこに慰めを求めに来た？　わたし以外の誰が、ばか騒ぎにつきあい、彼が未練を断ち切るのに手を貸してやった？」

「ふん！」フルーレの怒りは誰の目にも明らかだった。たとえ彼女が口元をゆがめ、指を振り立てていなくても。「あなたは何年ものあいだ、ロムの傷心を自分が何週間も留守にする口実にしてきた。本当は自分が自由になりたいだけなのに。ロマの体の内にある放浪への衝動をおさめるために必要なのだと、どうして認められないの？」

フルーレは夫を責めるようににらみつけ、瞳をきらめかせた。自分の胸元を指差しながら、驚いた顔をしている夫に向かって勢いよく言い放つ。

「わたしも家族にうんざりすることがある。わたしだってロマだもの。結婚はしたけど、わたしは自由を愛している。子どもを養う義務から逃げたいと思うときもある。でも、もしわたしがそんな衝動に負けて、自然のリズムに身を任せるために何週間も姿を消したら、あなたはどうするの？」

フルーレは勢いよく足を踏み鳴らした。何年ものあいだくすぶっていた怒りが、ついに爆発したかのようだった。

「兄弟と一緒にさっさとどこへでも行くがいいわ！　だけど、ふたりとも自分に正直になるべきよ！　ロムはマリア・ペラルタを本気で愛していなかった！　彼にとって、マリアは子ども時代の仲間以上の存在にはならず、遊び相手のようなものだった。男を魅了し、じらし、男の欲求に身を任せるような情熱的な女に成熟することはなかった」

フルーレは言葉を切って両手を腰に当て、夫をにらみつけた。

「娘を溺愛する父親に、老後がさびしいから結婚はやめろと言われて納得するなんて、いったいどんな女よ？」あざけりの口調で言いつのる。「マリア・ペラルタが、一族の血は純粋に保たねばならないという父親の言い訳を使い、アンダルシアじゅうでいちばん魅力的な独身男を振ったとき、彼女は仲間の全員を怒らせたばかりでなく、みずから一生独身でいるという運命を背負いこんだ。だって男たちはみんな、自分など彼女の高い要求には見合わないと思って怖じ気《おけ》づくでしょうから！　まあ、最終的には正義が勝ったわけね！　マリアが棚にほったらかしにされた飾り物みたいにほこりをかぶっている一方で、アンダルシアじゅうの女たちがロムの傷心を癒やしてあげようと殺到したんだから。まったく、運のいいことよね！」あきれ果てたとばかりに、彼女は大きく肩をすくめてみせた。

「おい、おしゃべりが過ぎるぞ！　お客様がいるのを忘れたのか。それに、子どもたちがよそで何を話すかわかったものじゃない」クルヴァトは怒った顔で拳をテーブルに打ちつけた。それから、子どもたちを追い払うように両手を打ち鳴らして大きな音をたてた。

ぶたれてお仕置きをされるとわかっているのか、それを合図に子どもたちはいっせいに立ちあがり、きれいに平らげたあとの皿を残して部屋を出ていった。

フランシスはすっかり驚き、火山の噴火に巻きこまれてしまった観光客のように呆然《ぼうぜん》としていた。席についたまま、テーブルをはさんでにらみ合う夫婦を見つめる。

これまでの人生で、これほど激しく感情がぶつかり合うところを見たことがなかったし、ナイフで切り裂くような鋭い言葉の応酬も聞いたことがなく、相手を射抜くようなまなざしも見たことがなかった。しかも、ふたりの激しい怒りの裏には疑いようのない愛情がある。こんなに深い愛情を感じたのも初めてだった。

フランシスはそっと席を立ち、できるだけ静かに争いの場から離れようとした。いまにも、フルーレが腿につけたガーターから短剣を取りだすのではないか、あるいはクルヴァトが太い革ベルトを外して振りあげるのではないかと、気が気でなかった。

だが、彼女が椅子を引いた音を耳にすると、ふたりはにらみ合いをやめ、視線をフランシスのほうに向けた。二頭のいがみ合う競走犬が追う囮《おとり》のウサギになったような気分《あんど》で、フランシスは文字どおり身を縮めた。ふたりの表情が少しやわらいだのを見ると、安堵の

あまりその場にくずおれそうになった。

フランシスの困り果てた顔を見たとたん、クルヴァトは手のひらで自分の額をたたいた。「申し訳ない！」彼は心配そうな表情の妻に顔を向け、あわてて言った。「フルーレ、水を持ってこい。おまえがとんでもない焼きもちを焼くから、イギリスのお嬢さんを怖がらせてしまった！」

夫のまるっきり不当な非難にもかかわらず、フルーレは文句も言わず、湧き水の入った水差しを急いで取りに行った。

「飲んでちょうだい、先生《マエストラ》」フルーレは陶器のカップをフランシスの力ない両手に押しつけた。彼女が水を飲むのを見ながら、謎めいた笑みを浮かべる。「興奮した男は暴れ馬のようになるけれど、けっして他人を踏みつぶすことはないのよ、セニョリータ。不満があったら、オレンジの種みたいに搾りだしてしまうのがいちばんよ。そうすれば喉には何も残らない。いまのは害のない冗談のようなものよ。注意しなければいけないのは静けさのほう。自然の中では、いちばん恐ろしい暴力をふるうのは音もなく這《は》い寄ってくる蛇よ！」

「気をつけるんだ。蛇などという言葉を持ちだしただけで、臆病なマエストラは恐怖に震えあがってしまう」

ドア口から発せられたその声を聞き、フランシスはあやうくカップを取り落としそうになった。

「遅くなってすまなかった。だが、フルーレとクルヴァトなら、きみを空腹なままにはしておかないと思ってね」

伯爵は屋内に歩を進め、テーブルの上にある皿やシチュー鍋、手つかずのままのイチジクとザクロの入ったボウルなどに目を向けた。

「もう食事は終わったのか、フランシス？　まだなら続けてくれ。終わるまでぼくは外で待っている」伯爵は彼女の名前をなんのためらいもなく口にした。

クルヴァトが伯爵に歩み寄り、その手を握り締めた。「ロム、古くからの友よ！　何を言っているんだ。わたしの家に兄弟の居場所がないとでもいうのか。それとも、こんなあばら家にとどまるのはきみの威信に関わるとでも？」

伯爵はほほ笑み、友人の手を握り返した。クルヴァトが本気で怒っているわけではないとわかっているようだ。「どちらでもないさ。ひとりで来たわけじゃないから、もしすぐに出られないようなら、外で連れと一緒に待っているのが礼儀だろう」

フランシスはあわてて口をはさんだ。「もうおなかがいっぱいよ。これ以上は食べられないわ」ロマの激しい気性は想像以上だった。これ以上の騒ぎが起こらないうちに、早々に退散するべきだろう。そこで礼儀を思い出し、この家の主人夫妻に顔を向ける。「楽しい食事でした。ご招待ありがとう」

「来てもらって光栄だったわ、セニョリータ」

フルーレが落ち着き払った様子で応じた。さっきまでの激しい口論も、この夫婦にとっては、どこからともなく風に吹かれてきた落ち葉程度のものでしかないようだった。

「近いうちに、あなたにも兄弟のロムにも都合のいいときに、正式な集まりを催しましょうね。夜通しでパーティを開くのよ！　家族全員が順番に余興を演じ、最後は、古い様式のフラメンコの継承者である祖母が踊ることになる。祖母の歌を聞いたら、セニョリータ、あなたにも音楽がわたしたちロマにとってどれほどの意味を持っているかわかるでしょう。わたしたちは音楽に心を慰められ、胸の奥にある悲しみを忘れられる。きっと来てちょうだいね」フルーレは子どものように両手をたたきながら言うと、伯爵のほうに向き直り、懇願するような目で訴えた。「お願い、ロム、この若いマエストラを必ずパーティに連れてきてちょうだい」

伯爵はほんの一瞬ためらったが、優しい口調で応じた。「きみの言うとおりにしよう、フルーレ。フラメンコの中にムーア人とアンダルシア人とロマの文化が溶けこんでいるのを見れば、矛盾だらけの暮らしを理解する助けになるだろう。子どもたちを教える立場にある者なら、最も古いロマの文化を知らないわけにはいかない」

伯爵に促され、フランシスは夫妻に別れを告げた。伯爵を見たときから、彼の装いがどことなく乗馬用であるような印象を受けていた。長身のしなやかな体は漆黒の衣類に包まれ、ぴったりとした腰までの上着に、柔らかななめし革の帽子をかぶっている。それでも、洞穴の外に出たとたん目に飛びこんできた光景には、心底驚かされた。

そこで彼女を待っていたのは二頭の美しいアラブ馬だった。たくましい首を尊大なまでに高々と上げ、蹄《ひづめ》で地面をかいている。

黒い雄馬には誰も乗っていなかったが、真っ白な雌馬には、優雅に背筋を伸ばした女性が乗っていた。

女性は黒くて長い乗馬用のスカートに、短い丈の上着という服装だった。白いシルクの立ち襟が女性らしさを添え、つば広の帽子がカメオ細工のような高貴な顔に陰を落としている。

伯爵の連れを目にしたとたん、フルーレとクルヴァトはあわててあとずさった。フランシスを気まずい空気の中に置き去りにして、すぐにも屋内へ戻りたそうな気配だった。

馬上の女性が向き直り、自分を待たせた相手の乱れた髪やチョークで汚れたシャツ、しわのよったジーンズなどを、値踏みする目で見下ろした。フランシスはこの女性が誰なのか、見当がつくような気がした。

「セニョリータ・フランシス・ロスを紹介する。手間のかかる生徒たちの面倒を見てくれている、若きマエストラだ」

伯爵は馬上の女性に告げ、フランシスに顔を向けた。当惑するフランシスの様子を楽しんででもいるのか、口元がかすかにひきつっている。

「フランシス、ぼくの古くからの友人、セニョリータ・マリア・ペラルタだ。最も近い隣人のゴンザレス・カルロス・ペラルタこと、ケサダ侯爵のお嬢さんだ！」

7

マリアは茶色の瞳に優しい表情を浮かべ、パティオにしつらえられた錬鉄製のテーブル越しに伯爵を見つめていた。

だが、相手が伯爵でないと、マリアの態度は一変した。彼の目が届かないところでは冷ややかでよそよそしくなり、とりわけフランシスに対してはそうだった。

フランシスは自分の地味な格好が気になった。ブラウスもスカートも清潔で機能的だけれど、もう何年も着古したものだし、優雅さとはほど遠い。優雅そのもののマリアを見ていると、彼女の足元のほこりにもおよばないような気分にさせられる。

〝美しい顔と邪悪な心、よくある組み合わせね〟

マリアが館にやってきたとき、サベリタはその姿を見て暗く低い声でつぶやいていた。

「それで、アンダルシアには長く滞在するご予定なのかしら、セニョリータ・ロス？」マリアが冷たい声で尋ねた。

フランシスは桃の皮をむこうとしていた手を止め、桃と果物ナイフを慎重に皿の上に戻締めた。震えの隠せない手をテーブルの下にすべりこませ、関節が白くなるほどきつく握り締める。クルヴァトの家の前で、馬上の伯爵が手を差し伸べてフランシスを抱きあげ、自分の前に座らせた瞬間、彼女は完全に動転してしまい、それきり動揺がおさまらなかった。館までの道のりは悪夢だった。フランシスは熱い頰と全身の震えを意識し、隣で馬を進めているマリアの視線にさらされながら、必死で無表情を装っていた。

この一連の出来事がすべて仕組まれた策略のように思えてきた。それはまるでフランシスを犠牲者に、マリアを見物人に見立てた意地の悪い罠《わな》のようだった。敵の頭蓋骨に花を植えたという嗜虐《しぎゃく》的なユーモアセンスを備えた中世の征服者と同様、独特な残忍さを持つ男が意図的にそう仕向けたのだと思えてならなかった。

「どうなの?」いつまで待っても答えが返ってこないのにいらだち、マリアが促す。「一週間、一カ月、それとも数日でお帰りかしら?」

「フランシスの滞在期間は決まっていない」伯爵が助け船を出した。

伯爵はマリアの質問に答えただけでなく、放置されたままの桃の皿を引き寄せ、皮をむいて切り分けてからフランシスのほうに押し返した。

「いまがカリフの治める時代ではなくて残念だ。カリフの言葉はそのまま法律で、望みも命令もすぐさま実現された。女性教師《マエストラ》をアンダルシアに引きとめておくのに、なだめたりすかしたりする必要もなかったわけだ」

「どうしてそんなことが必要なの？」マリアは息をのみ、鋭い口調で尋ねた。明らかに、伯爵に対するみずからの影響力が薄れるのを恐れているらしい。婚約の破棄を後悔しているのかもしれない。

「理由など、言う必要もないだろう」

伯爵の思わせぶりなせりふを不思議に思い、フランシスはきれいに切り分けられた桃から視線を上げた。伯爵がうっすらと笑みを浮かべ、とても親しげな目でこちらを見ているのに気づき、彼女は頬を真っ赤に染めた。もっと若くてうぶな女性だったら、彼に愛されていると勘違いしたかもしれない。

マリアが黙りこんでしまったので、フランシスは彼女が気の毒になった。

熱くたぎった復讐者《ふくしゅう》の血は、相手に血を流させるまで冷めず、伯爵はさらに追い討ちをかけてマリアをみじめな気分にさせた。

「あの生徒たちに言うことを聞かせるのは大仕事だが、フランシスはうまくやってくれている。彼女が帰ってしまうことなど、考えたくもない」

マリアが完璧にそろった白い歯をむきだし、意地の悪い返事を口にしたとき、フランシスの同情はいらだちに変わった。

「しつけの悪い礼儀知らずのあの子たちには、もっと経験を積んだ教師が必要なんじゃないかしら。だって、感情的で、なまけ者で、食べたいものが店先にあれば盗もうとするし、とがめられると乱暴でばかげた言い訳をするような両親に育てられた子たちなんだから。子どもにはしつけが必要よ、ロム。正直言って、このイギリスから来たお嬢さんを見るかぎり、子どもたちを厳しくしつけられるほど経験があるとは思えないけど」

フランシスは伯爵の視線を感じた。眉根を寄せ、彼女の反応をじっとうかがっている。くつろいだ様子で座って葉巻をくわえている彼の態度からは、これから繰り広げられる光景を楽しみに待っている、といった気配が伝わってくる。もっとも、そのときのフランシスに彼の胸の内を斟酌《しんしゃく》する余裕はなかった。怒りにあおられるまま、彼女は口を開いた。

「たしかに、子どもたちにはしつけが必要です、セニョリータ・ペラルタ。でも、必ずしも高圧的に押しつけなくても、基本的な行儀を教えたり、何が正しく何が間違っているか、どんな態度が望ましいのか教えることはできます。教師の本分は生徒をしつけることではなく、生活のそうした基礎を教えることです。わたし自身の経験から、本当に悪い子はいない、道を誤った怠惰な大人のまねをしているにすぎない、とわたしは信じています」

「あなたの経験ですって！　いったいいつ、それほどの経験をしたのかしら？　大学に通っていた数年間とか？」マリアは軽蔑するように笑った。

「それもあります」フランシスは頬を紅潮させて言い返した。「でももうひとつ、わたし自身の子どものころの幸せな経験もあります」

三人のあいだに静寂が落ちた。パティオには緑色の蔦《つた》のからまる格子垣の影が落ち、色鮮やかな花々の香りが満ちている。かすかに聞こえる噴水の水音が、その静寂をかえって強調するように感じられた。

　マリアは動揺して言葉を失い、静かで論理的なフランシスの言葉に何か反撃しようと必死に考えをめぐらせている様子だったが、それを見ても、フランシスは少しも勝利感を覚えなかった。

　伯爵が笑いをこらえるようなうめき声をもらしたのも、状況を好転させるより、むしろ悪化させた。伯爵の表情は不可解なままだったが、フランシスは彼の口元にうっすらと笑みが宿っているのを認め、この応酬を楽しんでいるのだろうかと思った。

　マリアも伯爵の笑みに気づいたのか、アンダルシア人としてのプライドを刺激されたらしい。瞳はなおも憎しみに輝き、ほっそりとした体はいまにも飛びかかりそうな猫のように緊張していたが、ふとそれまでの話題などなかったかのように肩をすくめ、慎重に歓迎の言葉を口にした。その切り替えの見事さに、フランシスは不本意ながらも感心させられた。

「イースターまで滞在しているようなら、セニョリータ・ロス、一週間も続くお祭りにはぜひとも参加してちょうだいね。アンダルシアじゅうで闘牛がおこなわれ、馬術やフラメンコの音楽が披露され、あらゆる年代の女性たちが色鮮やかな伝統の衣装でパレードをするのよ」そこまで言うと、すっかり時間を無駄にしてしまったとばかりに、マリアは勢いよく席を立った。続いて立ちあがった伯爵を一瞥《いちべつ》してから、フランシスに向かって続ける。

「ただし、忠告しておくわ。ここは悪名高きドン・ファンの土地柄よ。いまだにその所業をまねようとする若者がいる。祭りのあいだは、悪魔にさえ、誘惑をしていいという神のお許しが出ているそうだから……」

見送りの者は厩舎《きゆうしや》まで同行するのが礼儀とされていたので、マリアの馬があずけられているところまで、フランシスは伯爵とともに歩いていった。動揺を抑えきれない彼女の顔に、マリアがときおり意地の悪い視線を向けてくるのを感じながら。

「うちに来てもらう日を決めなければいけないわね、セニョリータ・ロス」マリアがふたたび口を開いた。「父はいつでも牛を見せびらかしたくてたまらないの。何年もかけて、勇気と強さと耐久力という、闘牛場で最も望ましい特質を備えた牛を繁殖させてきたから。アンダルシアの牛は世界で最も危険な動物だと言う人もいるくらいよ。実際、ライオンやトラと同じ檻《おり》に入れられたら、必ず牛が勝つんですって。象だって、皮膚が厚いので致命傷は受けずにすむけれど、怖がって逃げようとしたというわ。うちの飼育場にはとても広い荒れ地があって、牧草は乏しいけれど栄養が豊富なの。冬のあいだに子牛が生まれたら、自由に歩きまわって餌を食べ、好きなときに闘うようにさせる。そうして冬を生き抜いたら、強さと耐久力があるという証拠になるわ」

「生き抜けなかったものはどうなるの？」フランシスは顔を曇らせ、かすれぎみの声で尋ねた。

マリアは肩をすくめた。「力が標準に満たないものは、食用として育てられるか、すぐに始末されるわね。繁殖家は感傷的になっている暇はないの。闘牛は芸術よ。審美眼や勇気への賞賛、興奮への渇望、プライドとほんの少しの野蛮さが組み合わさった、アンダルシア人気質の表現なの」

フランシスは身を震わせた。ふたりの女性の横を、かかとの高い乗馬用ブーツと、靴底にコルクを張ったサンダルの遅い歩みに合わせて黙って歩いている男性には、あえて視線を向けなかった。

殺し合いのためだけに動物を繁殖させるという考え方は、フランシスには理解できないものだった。彼女は抗議の言葉を返さずにいられなかった。「ただ牛を殺すだけなのに、どうしてそんなに楽しめるのかしら？　野蛮な娯楽の売り物にされるしかない不運な牛たちに、同情は感じないの？」

マリアの軽蔑するような顔と同じくらい意外なことだったが、伯爵が口をはさんだ。

「不運だって？　そうは思わない。最後の闘いをするとき、その牛は五年間の栄光と自由の日々を謳歌《おうか》したことになる。どんな生き物だって、闘牛の主役になるという名誉より、ただ草を食べながら死を待つような生き方を選んだりはしないだろう。闘牛は五千年近く前、クレタ人やギリシア人、フェニキア人の時代にまでさかのぼり、アラブ人によるスペインの占領時代も続いた歴史ある催しなんだ。スペインの征服者でさえ、戦いの形を忘れないために、とりわけ獰猛《どうもう》な牛に対して自分の槍《やり》の技を試したと言われている。きみの考えはきっとこうだろう。闘牛は結果が見えていて競技とは言えない、スポーツではない、と。そうしたきみのイギリス人的な見方には、ぼくは賛成しかねる。イギリス人は狐《きつね》狩りという血みどろの見世物を好んでおこなう。猟犬の群れに小さな狐を追わせて狩るという、あの卑怯《ひきょう》なスポーツとやらには、闘牛の持つ崇高さなどかけらも感じられない。闘牛は芸術的な儀式だ。人間と動物とが、たがいに命をかけて勇気を示し合うんだ」

マリアは白馬にまたがり、アンダルシア人が誇りにする、背筋を伸ばした姿勢で鞍《くら》に座った。自分の好敵手がうなだれている様子を見下ろすのは、これ以上ない喜びだったに違いない。

伯爵が近づいてくる気配を感じて、フランシスはため息をついた。追い討ちをかけられるものと覚悟しながら、青白い顔をあげる。

伯爵がほほ笑んでいるのを見て、彼女は目を見開いた。彼の肩越しに険しい表情のマリアが見えたものの、伯爵がさらに顔を寄せてきたので、彼以外のものは何も見えなくなってしまった。

伯爵はゆっくりと唇を近づけ、甘い蜜に引き寄せられるミツバチのように、フランシスの震えるピンクの唇に軽く触れた。「マリアを送ったら、なるべく早く戻る。きみは部屋で休んでいてくれ」

その声はちょうどマリアにも聞こえる程度の大きさだった。次いで、彼は優しい顔でフランシスの目にかかる髪を払った。心から心配してくれている、と誤解したくなるような表情だった。

「色の薄いイギリスの花は、焼けつくようなアンダルシアの太陽の下ではしおれてしまう。夕食の席では、若々しい美しさを取り戻しているといいが」

何も言えず、身じろぎもできず、馬に乗って去っていくふたりの姿がアンダルシアの豊かな自然の中に消えていくのを、フランシスはただ見送った。

「なぜなの……」ぼんやりとつぶやく。

彼女はあっという間に遠のいていくふたりの背中に目を向け、彼らを見送ることだけに意識を集中させようとした。鞍の上で伯爵にしっかり抱きかかえられたときに生まれて、そのあと、叱責されたり見つめられたりするたび、胸の中でかきたてられた奇妙な感情についてはあえて考えまいとしながら。

「なぜ彼は、わたしを利用してマリアを遠ざけようとするのかしら？　マリアと彼は完璧なカップルだわ。黒い雄馬と白い雌馬のようにお似合いなのに」

馬に乗ったふたりの姿が見えなくなってからも、フランシスはしばらくその場にたたずみ、遠くを見つめていた。やがて、照りつける太陽の熱を感じ、こめかみが痛みに脈打ってきたので、涼しさを求めて館に戻った。

いつものことながら、広大な大理石のホールに入り、高い丸天井や肖像画、家宝の数々を目にし、大聖堂を思わせる古めかしい香りを嗅ぐと、想像もできないほどの富を目の前にした侵入者になったような気がしてくる。

金色の葉の模様で美しく飾られ、台座には東洋の金色の雉《きじ》の絵のある磁器の皿が目に入った。フランシスは思わずそれに見入った。雄が美しい羽を広げ、雌に見せている。そのとき、背後から低く鋭い声が聞こえた。

「雄の雉の羽根は愛を求める者に幸運をもたらす」サベリタが現れ、絵皿のほうへうなずいてみせた。「恋愛がうまくいかないときは、魔術に頼るしかないわ。お望みなら、セニョリータ、媚薬《びやく》を調合してあげる。こっそり飲み物に入れれば、冷たい心の男が情熱的な恋人に変わる。媚薬を使う女が心から純粋に恋していれば、必ず効果がある。誕生日を教えて。どんな石や花、ハーブ、油を混ぜるか、何時に混ぜれば最大限の効果が出るか、割りだすために」

フランシスは頬を真っ赤に染め、あわてて断った。「ばかなことを言わないで、サベリタ。どうしてわたしに媚薬が必要なの？　伯爵のことを言っているのなら、恋愛に関しては彼にはなんの助けもいらないでしょう」

「愛は、幸せな人生を望む者、情熱的な夜を過ごしたい者たち全員に必要なものよ。あなたが恋に落ち、相手が恋していなくても、わたしの媚薬を数滴飲めば、ふたりとも楽園に行ける」

気まずい会話はもうたくさんだと思い、フランシスは話題を変えようとした。「もし楽園に行けたとしても、こんな格好じゃ追いだされるんじゃないかしら」日を追うにつれてますますみすぼらしくなってきたスカートを示し、悲しげにつぶやく。

サベリタは険しい顔になり、髪を振り払った。金色のイヤリングの輪が音をたてる。フランシスはロマについての言い伝えを思い出し、思わずあとずさった。ロマは未来を予言し、魔女のように善悪どちらの呪文もかけることができるという。

「わたしをばかにしたね、セニョリータ。こうなったら、媚薬が本当に効くことを証明してみせるわ」サベリタは語気を強めて宣言した。「わたしの一族は何世代にもわたって放浪の旅を繰り返し、錬金術師や東洋の呪術師から材料や秘術を学んだ。それを駆使したものをつくってみせる」

サベリタが怒って立ち去るのを、フランシスは下唇を噛《か》み、心配そうに見守った。やがて、彼女はあきらめたようにため息をつき、階段へ向かった。ひどく心が乱れていて、寝室の静かな雰囲気が恋しかった。あそこなら、鍵さえかければ、この館の気性の激しい住人たちから離れていられる。少なくとも、物理的な意味において。

伯爵の命令口調の助言に従うのは気が進まなかったが、シルクのシーツが敷かれ、つややかな青い上掛けがかけられたベッドに、フランシスはどうしようもなく心を引かれた。

それでも、柔らかな枕に頭をのせた瞬間、喜びに満たされた。

眠ったりはせず、考えを整理して混乱した気分から抜けだすつもりで、まっすぐ上を見つめた。壁に沿ってはめられている彫刻のほどこされた鏡板を見ながら、頭をすっきりさせようと努める。

最初のうちは、彫刻のデザインをはっきり見て取ることができた。三日月や麦の穂、蹄《てい》鉄《てつ》、動物の角、星など、幸運と豊かさの象徴だ。ところが、しだいに動物や鳥の毛皮や羽根、くちばし、爪、歯などがぼやけ始め、とうとう彼女は深い眠りに落ちていった。

何時間かたったあと、かすかな物音を聞きつけてフランシスがはっと目を覚ましたとき、部屋の中は真っ暗だった。けだるげに体を動かし、あくびの出かけた口元に手をやったとたん、ベッドのほうにかがみこんでいる黒い人影に初めて気づき、目を見開いて全身をこわばらせた。

「怖がることはない。夕食のための身支度をする時間だと知らせに来ただけだ」聞き覚えのある低い声が告げた。

フランシスは灰色の瞳に非難の色を浮かべ、困惑の口調で応じた。「夕食のための特別な服なんて持っていないわ、セニョール。それより、あなたはいつも、許可を求めることもせずに女性の寝室に入るの？　それなら、今後は鍵を……」そこで彼女は黙りこんだ。寝室に入ったとき、ドアにはたしかに鍵をかけたはずだ。

伯爵はフランシスをからかうように一歩脇に退き、壁に隙間ができているのを手で示した。

「あそこに、ぼくの部屋とつながっている秘密の通路がある」

伯爵がほほ笑み、さらに身をかがめたので、銀色の翼が暗闇の中からフランシスに向かって飛んでくるように見えた。

「不特定多数の相手と関係を持つことは、今世紀に始まったのではないという証拠かな」

伯爵の口調がとてもくつろいだものに聞こえ、フランシスはなぜかひどく傷ついた。スペイン人の横柄さとロマの情熱、そしてムーア人の傲慢さのすべてを持っている男性への恐怖を押し隠し、フランシスは影のように見える伯爵に向かって言った。「この世界にはいろいろな悪があるけれど、あなたの一族は最初からそのすべてに関わっていたんでしょうね！　罪という木は年を経て深く根を張り、どんどん成長していくんだわ」

伯爵はフランシスのうなじをそっと撫《な》でながら応じた。「女性が美徳から悪徳を生みだすのは、誘惑が足りないせいであることが多い。だが、ぼくがここに来たのはきみの純潔を奪うためではなく、むしろ守るためなんだ。ありがたいことにマリアのおかげで、あることに気づいた。きみをぼくの家にひとりで滞在させていることが、いささか不都合な憶測を招きかねない、という事実に。その一方で、ぼくには後継者をもうけなければならない義務がある。そこで、双方の問題の解決法を考えたとき、ぼくたちが結婚すればいいという結論に達したんだ」

フランシスはいますぐベッドから飛びだし、結婚を問題の解決法としか考えないような、計算高くて冷血な悪魔から逃げたいと思った。けれど、男性の愛撫《あいぶ》を受けた経験のないうなじに置かれている彼の手のせいで、フランシスは全身から力が抜け、まったく身動きができなかった。

「どうかな、プロポーズの返事は?」伯爵の影が迫ってきた。

「いまのがプロポーズだったというの? 学校の運営とワシの研究を不都合なく進めるために結婚しようと、取り引きを持ちかけられたみたいに聞こえたけれど」フランシスは息もできないほどつかえた喉から、無理やり声を絞りだした。

伯爵の顔は見えないものの、彼の体がこわばるのが感じられた。

「悪趣味な考えだと思うのか?」

その言葉と同時に、彼の体がフランシスを覆ってきた。息をのむ暇すら与えず、伯爵は彼女を抱きあげて両腕できつく抱き締めた。

「子どものように見えても、やはり女でありたいと望む気持ちがあることを見落とすとは、うかつだった。すまなかった」

伯爵は小声で言い、喉の奥で低く笑った。次いで、彼はフランシスの肩にそっとキスをした。彼女の全身に震えが走っているのも最初から承知のうえらしい。

「男のほうに欲望が欠けているのが気に入らない、というのかな？　けっこうだ。誘惑されたいのなら、ぼくたちの契約には、それについての条項も必ず加えておこう」

8

ドクター・リベラが自然保護区から持ってきてくれた簡素な白いドレスをまとい、サベリタが魔よけのために肌身離さず身につけていろと言い張る青いビーズのネックレスをつけて、フランシスは伯爵と結婚の誓いを交わした。フランシスの誓いの言葉はため息のように弱々しく、静かな礼拝堂の中に低く響いた。そこは聖母マリアと聖人たちが何世代にもわたって一族の洗礼を見下ろしてきた場所だった。

ドクター・リベラに支えられるようにしながら、フランシスは祭壇の前まで進んだ。伯爵が待っていた。あたりにはバジルの花の香りが立ちこめ、彼への愛と服従を約束させる雰囲気を演出していた。彼は子どもをつくるためにだけ妻が必要だと言っている。そして、イベリア半島を征服し、うら若いスペイン人女性を妻として服従させることで住民たちの反抗心をくじいたムーア人の王子と同様、自分の妻を戦利品のように誇示しようとしている。

「亡くなったお父さんの代役を頼まれるとは、たいへん名誉なことです、伯爵夫人」ベルナルド・リベラが満面の笑みを浮かべ、フランシスに向かって言った。思いがけなく大人たちの行列にまぎれこんだ子どものように、はしゃいだ顔をしている。「出しゃばったことを言うようですが、お父さんもさぞ喜んでいらっしゃるでしょう。娘を嫁がせる相手として、伯爵ほど優しく思慮深い相手はいません。おふたりに、そして今日のこの結婚に、神のご加護がありますように」

フランシスは何も言わず、微笑だけで感謝の意を伝えた。愛している、崇拝している、体ごと彼のものになってしまいたい――熱い唇を押しつけられ、伯爵にそう言わされた瞬間から、フランシスはずっと奇妙な恍惚感《こうこつかん》にとらわれていた。何か言葉を発したら、その状態が壊れてしまいそうだった。

伯爵がフランシスに代わって礼を言った。「ありがとう、ベルナルド。来てくれてとても助かった。この時期、きみに暇な時間などないことはよくわかっているから、なるべく早く自然保護区へ戻れるようにヘリコプターを整備しておけと操縦士に伝えておいた。祝いの昼食会に出てもらえなくて残念だ。また改めて来てもらえるように手配する」口調が途中から急にそっけなくなり、フランシスには、ドクター・リベラになるべく早く帰ってほしがっているように聞こえた。

ブーケの中のバジルの茎を無意識に強く握り締めながら、フランシスは伯爵とともに礼拝堂の前に立ち、ドクター・リベラを乗せたヘリコプターが空に消えていくのを見送った。

ロマたちの用意した花からはめまいを覚えるような香りが立ちこめ、彼女は報われない愛の苦しみを静めながら、ほほ笑みもしない強情な夫のほうに非難の視線を向けた。

「気づいているかしら。あなたは好意や友情を示す人たちに、ひどく冷たい態度をとることがあるわね、ロム」彼の名前を呼ぶとき、フランシスは一瞬その言葉が喉にひっかかるような苦しみを感じた。

「自然の摂理に従っているだけだ。大きな鳥が小さな鳥を食べ、小さな鳥は昆虫を食べ、昆虫はさらに小さな虫を食べる。ぼくは愛情を求めない。安易に愛情を示すような者たちのせいで罪悪感を覚えることもない」

「自分からは何も返せないから、友情も愛情も受けつけないのね」フランシスはさびしげにつぶやいた。そんな夫の流儀を思うと、胸が痛かった。彼からは愛情が返ってこないと知りながら、彼女は夫を愛そうと心に決めていた。

花嫁の沈んだ気持ちを察したのか、伯爵はフランシスの顎に人差し指をかけて上を向かせ、スミレの花のように愛らしい瞳をのぞきこんだ。

「きみには隠しごとはしない、フランシス。かつて心を傷つけられ、二度と同じことは繰り返さないと誓った。だからといって、感情がまったくなくなったわけではない。情熱の奴隷になることをやめただけだ。熱病にかかって回復した者は、また発病することはあっても、危険な合併症には免疫ができる。それと同じだよ」

フランシスの顔が真っ赤に染まった。あの夜、伯爵の手慣れた愛撫《あいぶ》で、それまで経験のなかった自分が甘いため息をもらし、震える声がしだいに高くなり、大地を揺るがすような大声をあげるほどの興奮をかきたてられた。その記憶が脳裏によみがえる。

あのとき、喉からもれる声はやがて小さくなったものの、フランシスはただ呆然《ぼうぜん》とするばかりで、あまりの驚きに、そしてみずからの反応に当惑させられていた。伯爵はさぞ楽しかったに違いない。未経験の女が彼の愛撫を受けて奔放になり、禁断の果実を口にしたイヴさながらに恍惚となるさまを目の当たりにしたのだから。

伯爵のキスで、フランシスは愛を知った。何ものも恐れない、無条件の愛を。

過去には、動機が疑わしいような男からの誘いにも寛大に対応する彼女の態度を目にし、父親が心配して警告したことがあった。それでもフランシスは、自分にできる範囲で無条件に気持ちを返した。甘い蜜をためこんだ花のように、ミツバチには無邪気に花弁を開き、けっきょく彼女のほうには何も残らず、気持ちがしおれてしまうのが常だった。

まるっきり自分らしくない向こう見ずな情熱を正当化しようと、フランシスは何度も考えをめぐらせたが、最後には伯爵の言葉以外、言い訳の言葉は見つからなかった。それは〝アンダルシアに住むと、人はゆっくりと生まれ変わり、場合によっては、いつもの自分とはまったく違う見知らぬ人物になることもある〟という言葉だった。

ごく簡単な内輪の儀式だけで、フランシスの立場は客人から妻へと変わった。なおも呆然としたままの彼女に同情を感じたのか、伯爵が妻の手を取り、口元に持ちあげて、冷たい指先におもむろにキスをした。

「ほかの女性なら誰もが、もっと華やかな結婚式を望んだだろう。きみが派手なことをする必要はないと言ったのは残念だった」

「式なんて、べつにかまわない」フランシスは伯爵を見返した。

「そんなことはないさ」伯爵は彼女の顔をのぞきこみ、心にもないことを口にしたせいでさびしげな光が浮かぶ灰色の瞳を見つめた。「女性の人生で大切な日が二日ある。結婚する日と、最初の子どもを産む日だ。幸い、ロマの家族に結婚を認めてもらうためにしなければならない、もうひとつの儀式がある。きみにとっては奇妙に見える習わしかもしれないが、彼らの喜びと好意の表れだと思ってほしい。無理かもしれないと考えていたんだが、彼らは想像以上の熱心さできみのことを受け入れてくれた」

「積極的で理解が早い生徒たちを教えるのは楽しいし、親たちとのあいだにも友情に近いものを感じ始めたわ」フランシスは教師としてプライドを感じながら言った。

「きみの言いたいことはよくわかる。しかし、ロマはスペイン人が闘牛の血統にこだわる以上に、一族の血を純粋に保つことに固執する。ぼくの家系にはムーア人とスペイン人とロマの血が混じっているが、これまで何世代にもわたり、初めての男の子はロマの仲間として認められてきた。最初のロマの伯爵夫人、若きイサベラの子孫には、今日までずっと受け継がれてきた肉体的な特徴があるからだ」

伯爵はみずからのつややかな黒髪を撫《な》で、イベリア・カタシロワシの特徴でもある白い模様のあるこめかみを示した。

「ぼくの家とロマの一族のあいだには特別な関係があるから、伯爵夫人の子孫は、不本意ながらもロマたちに受け入れられてきた。本来なら、ロマとそうでない者との結婚は自動的に一族からの追放を意味する。厳しいロマの掟《おきて》に反するからだ。だがきみの場合は、彼らのほうが進んで昔から伝わる習わしを破り、一族以外の者のためにロマの結婚の儀式をおこなうと言いだしたんだ」

フランシスはそれを聞いてうれしくなり、その気持ちを表現する言葉を探した。家族や友人の支えがなくて心細かったので、彼らに歓迎されていると思うと心が温かくなった。

フランシスの青白い顔に浮かぶ表情を読んだのだろう、伯爵は彼女の顎に指をかけ、いまだにさっきの儀式の厳粛さに陶然としているようなフランシスの目をのぞきこんだ。そして、子どもっぽさの残る花嫁に警告した。

「言っておくが、フランシス、いったんロマに受け入れられると、その後は彼らの伝統にならい、彼らの掟に従わなければならない。たとえば、ロマの妻は夫に絶対服従することになっている。そんな掟には、あきれてしまうのではないかな？　いずれは、わが家が牢《ろう》獄《ごく》のように思えてくるかもしれない」

フランシスは勇気をふるって伯爵を見返した。どんなにかたくなな心にも共感を呼びそうな、真摯な表情だった。「牢獄は幸せの生まれない場所よ。悪党たちの場所で、本人の意思に反して閉じこめられる場所だわ。あなたにここにいてほしいと言われたとき、わたしの願いはかなえられたのに」

伯爵がフランシスの口元に感謝のキスをしたとき、突然、雲の隙間からまぶしいほどの日の光が差しこんできた。

「では行こう、伯爵夫人。ひとつの称号では足りないだろうから、もうじき、きみはぼくの〝奥方《ボリ・ラニ》〟になる」

ふたりはロマたちの住む洞穴のある峡谷まで、オープンカーで移動した。途中で、喜びが伝わったかのように伯爵が漆黒の瞳を輝かせて彼女のほうを見ているのを感じ、フランシスはひそかに胸を躍らせた。

車が坂道をのぼり、それから急斜面を下って、やがて峡谷に沿って進み始めると、ふたりを迎える音楽が聞こえ始めた。ギターをかき鳴らし、バイオリンを早弾きし、カスタネットを打っている。

広場に車が止まった瞬間、ロマの一族全員が集まってきた。広場には色とりどりの花があふれている。木の枝で咲いているだけでなく、大きな陶器の水差しや花瓶に飾られ、花婿と花嫁が立つ場所にも絨緞《じゅうたん》のように敷きつめられていた。

花婿が花嫁を車のシートから抱えあげ、軽々と地面に下ろしたとき、人々のあいだから歓声が湧いた。

「ドロボイ・チュム・ロマレ！」

ロマたちは珍種の蝶《ちょう》さながらに色鮮やかだった。女や子どもたちは燃え立つようなピンクやオレンジ、黄色、さまざまな濃さの赤といった色で、水玉や縞《しま》、花柄などの模様の衣装をまとい、深く開いた襟元には金色のチェーンをつけ、それと合わせたイヤリングやブレスレットが音をたて、手にはいくつもの指輪をつけて、はだしでいる者は足の指にも指輪をつけていた。

男も色鮮やかな点では女に負けておらず、袖の広いシャツの上に、縁に金貨を縫いつけたベルベットのベストを着こみ、カマーバンドをつけて、胸元が大きく開いたシャツの下に鮮やかなスカーフをのぞかせている。

「ネイス・チュク！」伯爵が満面の笑みを浮かべているのを見て、フランシスは驚きに胸がときめいた。伯爵は彼女の手を握り、腕を高々と振りあげた。「わたしの妻、みんなの未来のボリ・ラニを紹介する！」

フランシスは伯爵の手をずっと握っていようとしたが、ロマたちが男性陣と女性陣に分かれるにつれ、いつの間にか彼から引き離されてしまった。

女たちはフランシスを広場の奥にぽつりと立っているテントのほうに導いていった。困惑して人だかりの向こうを見渡したとき、遠くでロマの男たちと話していた伯爵が、大丈夫だというように彼女に手を振ってみせた。

「中に入って、ボリ・ラニ」サベリタがテントのフラップを大きく開いて言った。

笑みを浮かべて肘で突いてくる女性たちにせきたてられ、フランシスはサベリタの言葉に従った。テントの中に入った瞬間、床から天井まで埋めつくすバジルの花の香りに圧倒され、息をのむ。

花は美しかったが、その強烈な香りには眠気を誘うような効果もあった。

「花の香りが息苦しくてむせてしまいそう。このテントに長いことといるのは無理だわ。サベリタ、どうしてわたしをここに連れてきたの？　どうしてみんな、わたしのことを〝ボリ・ラニ〟と呼ぶの？」フランシスは、閉じられてしまった入り口のフラップを開けようとしながら尋ねた。

「あなたが偉大な女性だからよ。何しろ、ロマニー・ライの妻なんだもの」サベリタが辛抱強く説明した。

「わたしが〝偉大な女性〟ですって？　そんなわけないわ」フランシスは思わず笑ってしまった。いらだちながらも、少しうれしい気もしていた。

「ロマは自分自身の直感にしか従わない。たとえロマニー・ライが命令したとしても、あなたにその価値がないと見れば、一族の者たちは結婚を祝うための秘密の花を森まで探しに行ったりはしない。あなたが心の中で、子どもたちに対するのと同じくらい、ロマニー・ライに対しても愛を感じているのは、特別な能力がなくてもわかる。わたしたち一族は貧しいけれど、感謝を表したかった。それでわたしたちにできる唯一の方法で、世界のあちこちで集めて何世代も引き継いできた植物の知識から得た力で、感謝の気持ちを伝えることにした。これがわたしたちからの結婚のお祝いよ、ボリ・ラニ」

サベリタは手を振り、テントの壁を覆いつくす星形の白い花のカーテンを示した。

「このハーブには不思議な効力があり、今夜あなたを楽園に誘う。そこであなたは、かわいい健康な息子を授かるのよ！」

サベリタと言い争ったところで何も得るものはないと、これまでの経験からわかっていた。だからフランシスはおとなしく身をかがめ、一族の女たちによってロマの結婚のためにつくられたワンピースを身につけた。

偶然だろうか、あるいは女たちがフランシスに似合うものを直感的に察したのか、淡い青の生地はフランシスの灰色の瞳に紫の影を落とし、神秘的かつ魅力的に見せた。ワンピースは襟まわりが広く開き、身頃は体にぴったりと合い、腰から長いスカート部分が流れ落ちている。膝が見えるほどのスリットが入っていて、形のよいふくらはぎやくるぶしが見えるデザインだった。

フランシスは襟まわりの広さが気になった。自分の胸元を見下ろすたび、青いベルベットの生地が胸のふくらみを両側からきつく締めつけ、思わせぶりな深い谷間をつくりだすのが目に入る。何度か身頃を引っ張ってみたものの、どうにもならず、フランシスは眉をひそめて下唇を噛《か》んだ。

「サベリタ、このワンピースはちょっと……」

「誘惑的すぎるとでも?」フランシスの胸元のふくらみを満足そうに見ながら、サベリタはくすくす笑った。「女を喜ばせるために、男は彼女の服を脱がさなければならない。結婚初夜に、わざわざその行為をむずかしくさせる必要はない、ということよ」

あまりにも露骨な言葉に、フランシスは頬を真っ赤に染め、肩にかけるショールがなければこんなワンピースはとても着られない、と主張しようとした。けれどそのとき、テントの外に男性の気配がして、サベリタはそちらへ歩み寄った。

「無断でテントに入らないでちょうだい」サベリタはきつい口調で言ったものの、その男性が伯爵であることに気づき、すぐさま一歩脇に退いた。彼はぴったりとした乗馬ズボンに膝までの革のブーツを履き、袖の広いシルクのシャツを着ている。

めったに笑わず、超然としているはずの伯爵だったが、フランシスの姿を見て驚いた顔をした。その視線が彼女の銀色がかった金髪から青い靴を履く足元まで移り、それから上のほうに戻ってきて胸元をさまよう。熱いまなざしを感じ取り、フランシスはひどく困惑した。

「驚《マードレ・デ・ディオス》いたな！　こんな誘惑的な姿を、一族のほかの男たちに見せていいものだろうか？　とてもきれいだよ、フランシス。肉なしの野菜スープを食べ慣れている男たちに、ぼくの好みに合わせて用意されたおいしそうな若鶏《わかどり》を見せびらかすなんて、少しばかり彼らが気の毒なんじゃないか？」伯爵はロマならではの露骨な表現でからかった。

生まれたての雛《ひな》でもこれほど敏感に反応はしないだろうというくらい、フランシスは全身が熱くなるのを感じた。あたかも、伯爵の食欲をそそるために風味を加えられ、調理されるのを待っている気分だった。

「心配いらないわ。誰かさんの気を悪くさせかねないようなワンピースを着て、ロマのお友だちの前を歩くようなまねはしないから」フランシスは腹立ちまぎれに言い返した。

「木訥《ぼくとつ》なロマたちの目には、何もつけていない、そのままの女性の胸こそが美しく映るものだ」

伯爵はフランシスの胸元に露骨な視線を向け、彼女をいっそう困惑させた。

「彼らが嫌うのは捏造《ねつぞう》された卑猥《ひわい》さだ。川辺で裸で体を洗う少女たちの無意識の美しさのような、自然なものは受け入れる。じつをいうと、みんなに非難されかねないのはむしろぼくのほうなんだ。習わしによれば、いまこのとき、花婿は一族の年長者に助言を受けに行かなければならない。新米の夫は、結婚の喜びを達成するための手ほどきを年長者に求めに行くものとされているから」

「あなたにそんな必要はないでしょう。飽きるほど経験を積み、充分な知識があるでしょうから」フランシスは遠慮なく言った。

伯爵が彼女に歩み寄ったとき、花の香りあふれる室内の空気が乱れ、ふたりを官能的な香りが包みこんだ。

伯爵はフランシスのむきだしの肩を見下ろした。ひどく空腹な男が晩餐会《ばんさんかい》に招かれて豪勢な料理を前にしたときのような、あらわな渇望をたたえた目だった。

「きみは魅力的だ、フランシス。無邪気な心を持っている。それはぼくにはないものだ。喉が渇いているときは、味にかかわらず、どんな飲み物でもおいしく感じられる」

伯爵に抱き寄せられ、愛撫するように背中を撫で下ろされて、フランシスは喜びに震えた。彼の手が体の曲線をなぞりながら腰まで下りてくる。うなじに冷たい唇を押しあてられ、胸に痛いほどの欲望があふれだした。

フランシスは降伏のため息をつき、みずから伯爵にしがみついて、震える手をシャツの下に滑りこませた。磨きあげられたマホガニーのような肌の下に、固い筋肉の隆起がある。

「セニョール、セニョリータ！」

サベリタの声に冷水を浴びせられたように、フランシスははっとわれに返って、伯爵の抱擁から逃れでた。しょせんこの男性は、妻を選ぶというより、孤独なワシが手近な相手に襲いかかるようにして彼女を選んだのだ。

サベリタに邪魔者の意識はかけらもなく、彼女は娘の晴れ姿をあれこれと心配する母親さながら、せわしげな足取りでテントに入ってきた。そこで突然、伯爵の不機嫌さと、テント内に立ちこめる欲望の気配に気づき、足を止める。

伯爵が振り向いて冷たい目でにらみつけたので、サベリタは一歩あとずさった。それでも、しきたりを守る決心をしているかのように背筋を伸ばし、高位の女性に仕えようとする付添人ならではの、いかめしい口調で告げる。「準備が整いました。一族が儀式の開始を待っています」

誘惑が中断されたことに感謝しながら、フランシスはテントの外に出ようとした。しかし、一歩踏みだしかけたところで、手首をつかまれて引き止められた。

「サベリタはハーレムをつかさどる宦官《かんがん》のような役どころを引き受けているつもりかもしれないが、いまのきみを、陵辱された乙女のように逃げださせるわけにはいかない」伯爵はサベリタを見据え、命令し慣れている傲慢な口調で言い放った。「行くんだ！　結婚式はぼくがよしと決めたときに始める」

サベリタがテントを出ていくと、伯爵はすぐさま平静さを取り戻し、いつものよそよそしい無表情な顔になった。それでも、目だけは荒々しく輝き、欲望の火がいまだに消えず、危険なほどにくすぶっていることをうかがわせた。

9

伯爵は伝統的なロマの族長の衣装をまとい、テントの前に立った。その姿はロマの一族がかねてから見たいと望んでいたものだった。指にはその地位を示す重厚な金の指輪をはめ、三本の革紐《かわひも》のついた鞭《むち》を持っている。

伯爵が姿を現したとたん、人々のあいだから歓声が湧き起こった。伯爵のすぐそばに影のように寄り添うフランシスは、愛情を隠しきれない表情で彼を見つめた。

ふたりが進み出ると、ロマのバイオリンで甘い調べを奏でながら、人々は花嫁の魅力とその相手の愛情深さを讃《たた》える歌で新郎新婦を祝福した。

笑顔の人垣がふたつに割れ、そのあいだにフルーレのいちばん下の娘のシネレラが現れて、ベルベットのクッションにのせた花の冠を持って近づいてきたとき、フランシスはこれから何があるのかわからないまま、不安げに身を震わせた。けれど、シネレラがクッションを下に置き、リボンで飾った冠を高く掲げて花嫁の頭にのせようとするのを見て取り、優雅に身をかがめた。

シネレラが続いて別のものを差しだす。赤い糸が幾重にも巻かれたかせを受け取るべきなのかどうか、フランシスが迷っていると、伯爵が声をかけてきた。

「その赤い糸を受け取り、ぼくに渡すんだ。それによって、きみがぼくとの結婚を受け入れたという意味になる」

頬を赤く染めた花嫁からの贈り物を伯爵が受け取ると、人々のあいだに賞賛の声が広がり、みんなで儀仗兵《ぎじょうへい》のように広場の周辺へと進み始めた。ドラムを続けざまに激しく打ち鳴らす音が聞こえ、フランシスの背筋を震えが駆けのぼった。その動揺を察したかのように、伯爵は彼女の手を握り締め、肘の内側に抱えこむようにして、ロマたちが見るからに期待に満ちた様子でならんでいるあいだをゆっくりと進んでいった。

「何が始まるの？」フランシスは伯爵の耳元でささやいた。絨緞《じゅうたん》が敷かれ、花弁が散らされた台座が見えてきた。中央には、玉座を思わせる大きな木製の椅子がある。

「異邦人のきみでも、伝説的なロマの血の婚礼について多少は聞いたことがあるだろう？その儀式では、それぞれの手首に傷をつけ、ふたつの家の血を混ぜ合わせる。そう驚いた顔をすることはない」

伯爵は低く笑うと、片腕をフランシスの肩にまわし、彼女の信じられないと言いたげな顔を周囲の人々から隠した。

「痛くはない。クルヴァトの短剣はよく切れるし、彼はきみをとても高く評価している。

かすかにちくりとする程度のはずだ」

奇妙な幻覚の世界にまぎれこんだのではないかと思いながら、フランシスは生贄《いけにえ》をささげる祭壇のように見える台座へと進んでいった。ひげをきれいにそった浅黒い肌のクルヴァトが、短剣を携え、フランシスの魂をわがものにしようとする悪魔のように、台座のそばに控えている。

伯爵の腕が肩にまわされていなかったら、そして彼の力強い存在と励ましの言葉がなかったら、フランシスはロマの執りおこなう古い結婚の儀式にはとうてい耐えられなかっただろう。

大きな木製の椅子にすぎなかったが、フランシスがたったひとりで座らせられたその〝玉座〟は、強烈な威厳を感じさせるものだった。イグサ織りの座面の上で震えながら、フランシスはクルヴァトの短剣の銀色の刃が日差しを受けて鋭く輝くのを見つめていた。

伯爵は椅子の後ろで、フランシスの肩に手をかけて立っていた。ドラムの音が小さくなり、一族の者たちは静かになった。不安をかきたてるような厳粛な空気が、たちまち台座を包みこむ。

洞穴の家のまわりを絶えずうろついている獰猛《どうもう》そうな犬たちが吠《ほ》えるのをやめ、はしゃぎまわっていた子どもたちも叱責されて黙りこみ、つながれている馬たちもいななくのをやめた。かがり火から立ちのぼる青い煙が、広場一帯に刺激的な匂いを漂わせている。

伯爵が改まった口調で話し始めたとき、フランシスはいよいよ謎に満ちた儀式の始まりを知った。

「僭越《せんえつ》ながら、諸君、わたくしロマネスはフランシスとの結婚にあたり、諸君に立ち会いを求める！」

ロマの人々が押し合いながら前に出てきた。コインやブレスレットやイヤリングが鳴り響き、女性たちのスカートが衣《きぬ》ずれの音をたてる。みんながうなずき、クルヴァトが代表となることを認めた。

「僭越ながら、ロマネス、このクルヴァトが一族のために必要な儀式をおこない、あなたとフランシスとの結婚に立ち会うことに同意しよう」

クルヴァトは厳粛な面持ちでパンをふたつに割り、どちらにも塩をかけて、ひとつずつ花嫁と花婿に手渡した。フランシスには、食べる前にパンを伯爵と交換するよう指示した。

喉が締めつけられるようで、何も喉を通りそうになかった。それでもフランシスがどうにかパンをのみこむと、クルヴァトがふたたび口を開いた。

「このパンと塩に愛想がつきたとき、相手にも愛想がつきるだろう」

富と繁栄の象徴である穀物がシャワーのようにまかれるあいだに、フランシスは誰かに左の手首をつかまれ、伯爵の左手首とそろえて高く持ちあげられるのがわかった。フランシスは抵抗せず、目を大きく見開いて、クルヴァトの短剣の刃を見つめた。それは心臓の拍動とともに脈打つ、手首に浮きでた青い血管へと下りていった。

刃先が触れた瞬間、ピンで刺されたほどの痛みしか感じなかったにもかかわらず、フランシスの手首からは血が勢いよく噴きだし、伯爵の傷つけられた手首から流れでる赤い筋へと向かっていった。一瞬ののち、ふたりの手首は押し合わされ、布できつく結びつけられた。こうしてふたりの血が混じり合い、ふたつの別個の存在がひとつになった。

これほどの親密な肉体の結びつきを目の当たりにして、フランシスは心の底から動揺した。伯爵と血が混じり合うことで、若い奴隷の女性を利用して孤独をまぎらわそうとした無慈悲な征服者に、自分の体が侵略されていくような気がした。

ロマの夫の暗く輝く目を見つめながら、わたしたちは夫婦となり、互いの血を分け合ったけれど、彼の心はいまもマリアにあるのではないかと、フランシスには思えてならなかった。それはかつて彼が情熱的に愛し、妻にと望んだ女性であり、結婚を断られたために彼が冷酷な男と化す原因をつくった女性だった。

「衣服が破れ、古びても、ふたりが健康で幸せに暮らせますように！」

クルヴァトの最後の言葉とともに、ふたりの手首を結んでいた布が解かれた。フランシスはためらいがちに腕を引っこめ、フルーレに手首をふいてもらった。驚いたことに、そこにはかすかな傷跡があるだけだった。

「血をすばやく止めてくれるハーブからつくったローションを塗ったのよ」フルーレが当

惑顔のフランシスに説明した。「明日には、探さなければ傷跡が見えないくらいになっているわ」

フルーレがハーブの薬の瓶を持って台座から下りたのが、儀式の終わりと宴《うたげ》の始まりの合図になったらしい。若い夫婦を祝福する叫び声や、握手したり背中をたたいたりして幸福を祈る声があがり、やがてスカートを翻し、足を踏み鳴らしてのダンスが始まった。生き生きとしたロマの音楽に合わせ、人々は陽気に踊った。

「覚悟しておくんだ。特別な客人のための祝いの席は、ロマたちの言葉で〝パシヴ〟と呼ばれ、二日も三日も続く！」

伯爵がフランシスを招き寄せ、枝を低く伸ばした木の陰に連れていった。比較的人目につかない場所で、広場では大きすぎるほどの音楽が鳴りつづけている。その音を都合のいい言い訳にするように、伯爵は彼女を抱き寄せ、耳元に唇を寄せて話しかけた。

「短剣の刃を見たとき、ひどくおびえていたね。怖い思いをさせてすまなかった。ロマというのは、さっきのような儀式を劇的に演出するのに長《た》けている。あいまいさを嫌うんだ。〝蛇のような狡猾《こうかつ》さと鳩《はと》のような純真さ〟といった清も濁もあわせたような生き方はよしとせず、白黒をはっきりつける。どんな物語も包み隠さずすべてを詳細に語り、理性も感性もともに満足させる。彼らは戦争をするように愛を交わす。もっとも、ぼくたちは武器を使わずにすみそうだが。情熱を燃やしつづける燃料は、ほかにたくさんありそうだから」

伯爵の唇がフランシスの赤く燃える頬をくすぐり、口元に息がかかった。フランシスは石よりも重い心で、彼の探るようなキスに耐えた。運命の神はどうしてこんないたずらをするのだろう？ 愛する男性と結婚する喜びと同時に、その男性から愛されない悲しみを味わわせるなんて。

はかない願いにすがってはいけない、とフランシスはみずからを戒めた。伯爵がほんの少しでも愛情を見せてくれたら、それだけで感謝しなければならない。そう思いながらも、彼の血が体内に流れ、パンと塩の味が口に残っているいま、彼女はさらに多くのものを望まずにいられなかった。

フランシスが彼の腕から身を引いたとき、彼女の初めての抵抗に、伯爵は驚いた顔をした。

「あなたとわたしの関係は、かつて暴君と奴隷のあいだにあったのと同じものになってしまうのかしら？ だって、あなたはまだマリアを愛しているのだから」フランシスは震える声で言った。彼に嘘《うそ》の答えを返されてもかまわなかった。それでわずかでもプライドが取り戻せるのなら。

伯爵がたちまち冷酷な顔になったので、彼女はばかなことを言ってしまったと後悔した。

「ぼくときみは取り引きをした。そこに愛は何も関与していない」彼はそっけない口調で答えた。「マリアについて言えば、彼女に対する気持ちは今回のこととまったく関係がない。あれは過去のことだ」

「過去は消えないものよ。マリアはあなたの人生に住みついた亡霊のような存在だわ」

愚かなこととわかっていながら、フランシスはさらに続けた。

「周囲の人は誰もその話に触れようとしないけれど、あなたの心の中にはいまでも彼女がいるんじゃないかしら？」

「ばかなことを！　きみは伯爵家の後継者を産み、引き換えに富と安定した生活を手にする。ぼくらの取り引きはそれ以上でも以下でもない。よく覚えておくんだ」

伯爵に恐ろしい形相でにらみつけられて、フランシスは身を縮め、死んでしまいたくなった。

「夫の空腹を満たすことも妻の義務のひとつだが、ぼくは必ずしも、きみのテーブルで食事をしなければならないと決まっているわけではない。どこで食事をするかは、このぼくが決める！」

広場で燃える炎の上には大きな鉄製の鍋が置かれ、キノコやハーブが肉汁と一緒に煮えていた。粘土で覆われたハリネズミが、オーブン代わりの地中に埋められた石の上で、ゆっくり焼かれている。

宴が始まったころ、ロマたちが口にしていた飲み物も彼ら独特のものだった。彼らは沸騰したお茶と炭酸水を少しずつ皿に注ぎ入れ、音をたてて飲むのが好きだった。宴が進むにつれ、それはビールとワインに代わっていた。

フランシスはサベリタが〝千の祝福〟をもたらすと約束してくれた青いビーズのネックレスを指でもてあそびながら、伯爵に連れられ、新婚の夫婦のために用意された、高い背もたれのついた木製の椅子へ向かった。

その椅子はふたりが寄り添ってようやく座れるくらいの大きさだった。伯爵は先にフランシスに座れと指示し、彼女はため息とともに、なるべく彼から離れていられるように椅子の隅のほうに腰かけた。伯爵もすぐさま腰を下ろした。ふたりの腿が触れ合ったとたん、フランシスは彼の体から発せられる男性的な力強さを意識せざるをえず、彼の息子を産むことを期待されている事実に圧倒されていた。

フランシスはふと気づいた。かつてサベリタが予言めかして言ったことがある。〝あなたとロマニー・ライがパンと塩を手にすると、星や砂に、惑星の動きにちゃんと書かれている〟

あの言葉が見事に的中した。そう思うと、全身に震えが走った。

ロマには未来をコントロールできる魔力でもあるのだろうか？　それとも、人々が非難するとおり、口先だけの詐欺師にすぎず、誰もが夢見る幸運や幸福を約束する言葉をささやいて、彼らのポケットから巧妙にお金をくすねているだけなのだろうか？

「なぜ震えているんだ？　寒くはないだろう？」

フランシスは伯爵の腕から逃れるようにして身を離し、肩をすくめた。思い違いをしてはいけない。彼はわたしを心配しているのではなく、人々の前で妻への愛情を示す演技をしているだけなのだ。

「ショールでも持ってこさせようか？」

伯爵は眉をひそめ、フランシスのむきだしの肩を撫《な》でた。彼女の乱れた心がさらに揺れる。

「もちろん、ご主人様の命令なら逆らえないわね」フランシスは冷たい声で言い返した。

「あなたは肌をさらす女が好きでしょうに、せっかく好みの服を着せた奴隷にわざわざショールをかけようとするなんて驚きだわ」

伯爵の瞳が暗い光を放ち、フランシスは彼の強いいらだちを感じた。けれど、彼女の反抗的な態度に気づいた者がいたとしても、伯爵が顔を寄せてささやく様子を見れば、花嫁を気遣っていると解釈したに違いない。

「たしかにぼくは女性が好きだ。そばにいてくれると楽しいし、官能的なデザインの服で女らしさが強調されるのもすてきだと思う。気を引く程度に肌を見せ、不注意な男を惑わすようなデザインもいい」

伯爵はそこで口元をこわばらせた。

「ぼくにとって、好みの女性を少しばかり甘やかして手なずけるのは楽しみだが、これまでに無理やり服従させたことはない。じつをいうと、フランシス、つい最近まで、ぼくは自分が暴君だと思ったことも、鞭を振るいたい衝動を抑える必要を感じたこともなかった。きみを妻にするとは、虎の子をペットにするようなものなのかもしれないな。どちらが主人かわからなくなる！」彼はそう言い捨てて、奥歯を噛《か》み締めた。

ふたりがにらみ合っていたちょうどそのとき、一族の年長の男性が広場の中央に進みでた。

みんなが静まるのを待ってから、男性は伴奏なしに歌いだした。その声は震えてはいるものの力強く、フランシスの耳にはイスラムの祈りのように聞こえた。それはアラブの趣があるフラメンコの歌で、伯爵の通訳によれば、ロマがスペインからインドへ移住した様子、そこを祖国とし、独自の文化を生みだして、何世紀にもわたる放浪生活のあいだにそれをひそかに保ってきた様子が語られている。

男性はロマがよそ者とされたことへの悲しみに泣き、他人の価値観に迎合せず、独自の存在でありつづけたために人々から憎まれ、妬《ねた》まれ、無視されてきたことを嘆いた。

彼はさらに、ヒンドゥー教の女神カーリーがロマとともに旅をし、その神話や伝説の中に生きつづける、と歌った。

古い歌が終わりに近づくと、男性の声はさらに感情をおびた。悲しげな様子で両腕を天に伸ばし、盗みや詐欺を働くという不当なうわさのせいで土地を追われたロマに正義を求めた。芸術の才能によって異邦人に受け入れられようとして、ロマの娘たちは踊り、息子たちは音楽で生きざるをえなかった、とも歌った。

にぎやかな喝采が続くあいだに、伯爵はフランシスに告げた。「フラメンコの歌詞のすべてが歴史や政治に関するものとはかぎらない。人生と同じく、ロマの音楽は否定に満ちている。陽気な雰囲気になると、陰鬱さは払拭されてしまう。陽気な雰囲気は特別なもので、ロマの情熱的な踊りによって誰の心にも届く。すべてのロマは踊るために生まれてくると言われている。とくにスペインのロマはそうだ」

伯爵の低い声にはさきほどまでのいらだちがまったく感じられず、フランシスは胸が高鳴った。

「あとで、祝宴が終わって夜になるころ、きみも才能を披露するよう求められるはずだ。ふだんは落ち着いているイギリス人の女性でも、いざとなれば激しく踊れる。それを彼らに見せてやるんだ」

「わたしは踊れない。踊ろうとしたことだってないわ！」

「何もむずかしいことはない。ロマの子どもたちを見るがいい。彼らは最初に基本をいくつか教わるだけで、あとは自然に踊りを身につけていく」伯爵はそのかすような口調で言った。「足元を見て正しいステップかどうか確認したりなどせず、顔を上げ、自信たっぷりにまわりを見るんだ。必ず清潔なハンカチを持っていなければいけないが、本当に必要なとき以外は使わない。ストッキングや靴を身につけるなら、ストッキングはずり落ちないようにきちんと止める。靴はよく磨き、けっして泥の汚れをつけて踊ったりしてはいけない」

日が沈むころになると、伯爵の機嫌もかなりよくなってきたようだった。広場は薄暗くなり、踏みしだかれた花びらの香りが立ちこめ、かがり火は燃えつづけた。人々はギターやバイオリンに合わせて足を踏み鳴らし、体を揺らしていた。

ロマの人々は濃厚なシチューで空腹を満たした。ほどよく焼けたハリネズミから粘土とともに針が取り除かれ、ちょうど皿くらいの大きさの葉に肉がのせられて、みんなに配られた。

その直前、ハリネズミの腹部から内臓が取りだされる光景がフランシスの目に入り、彼女は顔をゆがめた。伯爵はその様子に気づくと、フランシスがひと口も食べられないのをからかいながらも、彼女に用意された分を自分の皿に移した。ロマたちはその料理を〝塩なしで女王に食べてもらえるくらいおいしい〟と称している。せっかくの心づくしをフランシスが拒絶したとなれば、彼らはひどく気を悪くしてしまうだろう。そんな事態を避けるための気遣いだった。

六組のカップルが結婚の踊りを披露した。男女が知り合い、恥ずかしげに近づく様子から始まって、たがいにひかれ合うにつれてテンポが速まっていく。不意に彼らの目が輝き、踊りは情熱的な誘惑へと高まっていった。動作のひとつひとつに、結婚という親密なつながりによってしか満たされない、欲望や興奮が表現されていた。

フランシスは荒々しくも美しい演技に夢中になり、息をのんで見つめていた。それが自分たちの便宜上の結婚に関わりがあるとは、少しも思っていなかった。

興奮が最高潮に達したとき、音楽が突然やみ、踊り手たちが足を踏み鳴らす音も静まった。気がつくと、すべての観衆の目がフランシスと伯爵に向けられていた。

「クライマックスはぼくたちに任されている。緊張しないで、幸せの絶頂がもうじき手に入ると承知している花嫁らしく、幸せそうにしていればいい」伯爵は言い、フランシスを立ちあがらせた。

動揺しきったフランシスの頭には、彼の言葉はなんの意味も持たなかった。踊れないと言ったのに、どうして伯爵はわたしが喜んで人々の前で踊り、儀式を劇的なフィナーレで飾れる、などと思うのだろう？

恥ずかしさのあまり、フランシスは無理やり立たされた広場の中央で身動きもできず、悪夢のような状況から救ってほしいと必死に目で訴えた。しかし、伯爵は彼女の訴えなどまったく意に介さず、むしろ、喜びにあふれる花婿の役を積極的に演じるつもりらしかった。伯爵はフランシスの手をしっかりと握り、彼の鼓動が伝わるほど近くまで彼女を引き寄せた。シャツの下で彼の力強い筋肉が波打っているのがわかった。

伯爵に抱かれ、フランシスはあきらめのため息をもらして、周囲のいっさいを忘れることにした。彼の腕の中で震え、むきだしの肩にかがり火の炎の熱を感じ、伯爵の瞳にも炎が映って燃えているのを見るうちに、ロマの悪魔にとらわれ、ハーレムに新たに連れてこられた奴隷として紹介されているような気分になった。

フランシスは伯爵から手を引き離そうとしたが、そのとき、魔力が伯爵に味方したかのように、バイオリンが魅惑の甘い旋律を奏で始めた。フランシスは聖なる儀式に臨む巫女《みこ》のように厳かに、伯爵に導かれるまま体を揺らし、持って生まれた優雅な動きでステップを踏んだ。その霊妙な様子は、まるで雲の中を漂う天使のようだった。

真夜中の不思議な力のせいだろうか、あるいはフランシスの陶然とした目に映る明るい星のせいだろうか、伯爵は息をのみ、不意に立ち止まった。

「何かを与えるとなると、きみはとても気前がよくなる。情熱にも忍耐にも、中途半端なところがない。〝指を一本与える者は、手も喜んで与えるだろう〟というロマの格言を最初に言いだした者は、きみと同じように優しい性格だったに違いない」

あまりに突然のことで、フランシスは状況がよくのみこめなかった。一族の全員がはじかれたようにいっせいに動いたのも、彼女の目には入らなかった。彼らは花で飾られた新婚夫婦のためのテントのほうへ殺到し、その入り口へと続く通路に列をつくった。それに気づく暇さえもなかったのは、フランシスにとってはむしろ幸いだったかもしれない。

伯爵はフランシスを軽々と抱きあげ、意気揚々とテントまで運んでいった。両脇から、夫婦の交わりを喜び、励ます声がさかんにかけられた。ロマは男女の性的な魅力を美しいと信じ、愛を交わす行為を呼吸と同じくらい自然で必要不可欠なものと考えている。

森の奥の谷間や草地から集められたハーブのつまったクッションの上に横たえられたとき、フランシスの青白い顔に、驚いたフラミンゴのような鮮やかな赤みが差した。テントの中にはたくさんの結婚の贈り物が積まれていた。手編みの籠や、手づくりの陶器類、レース飾りのついた枕カバー、フリルのあるペチコート。

加えて新生児用品がひとそろい、ベビーベッドの前にあり、ベッドには聖なる子どもの人形があって、その肉づきのいい指で、さっきフランシスが外した花の冠を持っていた。

「ローズマリーの青がきみの瞳に映ってとてもきれいだ、フランシス」伯爵はかすれた声で言った。そこにいるのは高慢な大地主ではなく、情熱的でロマンチックなロマの男だった。

フランシスは恥じらいも、プライドのかけらさえもなくし、伯爵のキスを受け入れた。バジルの花びらが押しつぶされ、官能の女神アフロディテが好んだと言われる濃厚な香りが夫婦のテントの中に満ちていった。

10

ひきつった脚の筋肉をほぐそうとして、フランシスは足の指を静かに動かした。そうするあいだも、何日もかけてつがいのイベリア・カタシロワシの動向を観察したすえに発見した巣へ、双眼鏡をまっすぐに向けたままだった。

そのつがいを最初に目撃したのは伯爵領内で働く者たちで、巣のおおよその位置も彼らによって報告された。これを受けて、伯爵はフランシスのために隠れ家を用意した。巣の様子を確認できる程度に近く、巣の主を警戒させない程度に離れた場所を選び、観察者が隠れて潜むための場所を森の中につくらせたのだ。

この時期、学校は一時的な休暇に入っていた。祭りが催される季節にさしかかり、毎日のように闘牛や家畜の市が開かれ、通りや市場で歌と踊りが披露されるようになると、ロマたちは踊り手や歌い手として近隣の町や村に出向き、子どもたちも授業から解放される。

この二週間ほど、フランシスは毎日のように森の隠れ場所に通い、ワシの求愛行動や産卵の最初の段階を観察していた。

フランシスはふと耳を澄ました。鳥の鳴き声や、乾いた下生えに潜む小動物がたてる物音とは異なる、森の端の道路を走る車の音が聞こえたような気がした。フランシスは体をこわばらせた。腕時計を見たが、使用人が来るにはまだ早い時間だった。

フランシスは毎朝、双眼鏡や、コーヒーを入れた魔法瓶、空腹をまぎらわせるサンドイッチを携えてここまで送ってもらい、夕食の時刻に合わせて館に帰れるよう迎えに来てもらっていた。

伯爵に同行を勧めたところ、あまり気乗りがしない様子ながらも、いつか一緒に観察に行くと約束してくれた。すでに二週間が過ぎているけれど、その約束はまだ果たされていない。

隠れ場所の中は蒸し暑かったが、フランシスは寒気を感じ、空腹をやわらげようとサンドイッチの袋を手探りした。

もっとも、彼女にはわかっていた。胃のあたりがきつく締めつけられ、体から力が抜けて震え、二週間も眠れずにさびしい夜を過ごしてきた理由は、食べ物とはまったく関係がないことを。

フランシスは濡《ぬ》れた頬を手でぬぐい、サンドイッチを無理やり口に押しこんだ。それはサベリタがしぶしぶ用意してくれたものだった。手渡されるときに言われた言葉が脳裏によみがえる。

〝結婚して二週間の花嫁が一日じゅうひとりで森にいるなんて、よくないことだわ！　そればかりか、わたしは毎朝ふたつのベッドを直し、ふたつの寝室の掃除をしている。そのうえ、どちらの寝具もまったく乱れていないというのは、いったいどういうことなのかしら！〟

フランシスは老女の手からサンドイッチの袋をつかみ取り、そそくさと逃げだしてきたのだった。サベリタの質問に対する答えは、フランシス自身が知りたいことだった。夫となった伯爵は妻になんの関心も示さず、彼女の心を打ち砕いた。

隠れ場所の周囲の葉が音をたてても、フランシスは顔を上げなかった。どうせ枝が風に揺れただけに決まっている。ロマなら、悪魔がくしゃみをしたとでも言うだろう。

「昼食がパンと涙だけでは、体重が減るのも無理はない」

叱責するような伯爵の声が聞こえた。

フランシスは驚いた鳥の羽ばたきさながらにまつげをしばたたき、思わず首をすくめて全身をこわばらせた。夫である伯爵の口調はよそよそしかった。たった一夜とはいえ、〝カミ・メスクリ〟と恋人を表すロマの言葉で彼女を呼び、楽園へと連れていってくれたこともあったのに。

無意識に身を縮める彼女の様子を目にし、伯爵が顔をしかめる。

フランシスは生気のない低い声で、あながち嘘《うそ》でもない言い訳を口にした。「まだ、父の死が悲しくてしかたのないときがあるの。こういうところにいると、とくに。仕事について父といろいろな話をしたことを思い出すわ」言いながら、震える手で周囲を指し示す。

伯爵の不機嫌そうな表情が少しやわらぎ、彼はベンチに腰を下ろした。隠れ場所の居心地の悪さを多少なりとも軽くするため、彼自身の発案でしつらえさせたものだった。

「どんな様子だ？」伯爵は双眼鏡を持ちあげ、ワシの巣のほうに向けた。

「雄が戻ってきたところ。雌が卵から離れたわ……雄が餌を持ってきたのね」フランシスは説明し、伯爵にならって自分も双眼鏡をのぞいた。

「なるほど」伯爵はうなずいた。

「あの雄はまめに餌を運んでくるわ」

結婚式の翌朝から、フランシスはずっとみじめさを噛《か》み締めていた。目新しさでほんの少しもてあそばれたあと、すぐに飽きがきて捨てられたおもちゃのような気分だった。それでも、いまはそんな気まずく悲しい思いを忘れて話すことができた。

「数日前まで、雄は一日に十三回も往復し、雌が通常必要とするよりもはるかに多い餌を運んでいたわ。でも、この三日か四日、雌が卵を温めているあいだ、雄はまるで有給休暇を楽しんでるみたいにのんびりしていた。一日に数匹のトカゲくらいの最低限の餌しか取ってこないの。雌はうれしそうね。雄がさかんに鳴いているわ。きっと、〝さあ、昼食を持ってきたぞ〟とでも言っているのね」

伯爵が双眼鏡を下に置き、フランシスの双眼鏡も下ろさせて、彼のほうに注意を向けさせたので、彼女はひどく驚いた。

「母性というのは不思議なほど強力なものなんだな。まだ母親になっていないきみでさえ、当然のようにそれを備えているのだから。逆に、その点では父性は取るに足りないものらしい。子どもは父親の保護を必要とはするが、愛情はさほど求めない」

伯爵はためらうように間をおいた。選ぶべき言葉を慎重に吟味しているらしい。

「女というものは、いったん母親になったら妻であることを忘れてしまう、と聞いたことがある。それは真実だろうか、フランシス？　夫の存在を求めず、望みもせずに、幸せで満ち足りた生活ができるものだろうか？」

フランシスは喉がつまるほどの恥辱感に襲われ、思わず息をのんだ。同時に、結婚生活の進め方について伯爵が見せてくれた気遣いに感謝も感じた。

伯爵は彼女を非難することもできたはずだった。事実上、フランシスは後継者を産むことと引き換えにみずからの望むものを手に入れたのだから。あるいは、彼女を軽蔑することもできたはずだった。結婚式の夜、荒々しいムーア人のやり方で花嫁をわがものとした花婿に対して、彼女はひたすら隷属的に身を任せたのだから。しかし、伯爵は非難も軽蔑もせず、フランシスにいくらかの尊厳とプライドを取り戻すチャンスをくれた。

「なんの苦労もせず、身に余るほどの愛を無条件に与えられたら、幸せにならざるをえないでしょう。この取り引きでの自分の役割をきちんと果たす——何よりそれがわたしの望みよ。そのうえで、もし幸運にも子どもを授かったら、その後の人生では、愛すべき誰か、わたしを愛してくれる誰かがいるという幸福感こそが、最高のご褒美になるわ」

取り引きを強引に迫ったことで伯爵が負い目を感じているなら、そんな必要はないと言ってやりたかった。しかし、フランシスのそうした思いに反して、双眼鏡を返してよこした伯爵の顔はふだん以上に険しく、その目には暗い表情が宿っていた。

伯爵が黙りこんでしまったので、フランシスは何を考えているのかと不安になり、あれこれ質問を口にした。伯爵はそっけない口調でそれに答えた。

「イベリア・カタシロワシは世界で最も希少な鳥類のひとつとされているけれど、実際のところ、この森には何羽くらいが生息しているの？」

「わからない。正確な数を把握するのはむずかしい。たいてい葉に隠れるようにして生活しているから、姿が見えないんだ。推測でよければ、十二羽くらいか。もっと少ないと言う者もいるかもしれない」

雌ワシがくちばしで羽根を整えている姿を双眼鏡で見ながら、フランシスはさらに尋ねた。「数が減った理由についてはどう考えているの？　わたしとしては、低い場所に巣をつくるのは愚かな行為だと思うの。ネズミなどの哺乳類に巣を荒らされやすいでしょう。ワシのほうも経験から学び、ほかの鳥みたいにもっと離れた場所に、たとえば断崖とかに巣をつくるようにしたらいいのに」

伯爵は眉をひそめつつ、うなずいて同意を示した。「きみの言うとおり、数が減った理由のひとつは、ほかの動物が巣に近づきやすく、卵や雛《ひな》を取られてしまうことだろう。ただ個人的には、最大の理由は人間が気ままに自然を破壊し、彼らの生活環境が損なわれたせいだと思う。ロマと同じく、このワシは安全で食料が豊富だから、ここを繁殖地にしてきた。飛行のしかたや餌の捕り方を環境に合わせて進化させ、トカゲ類などをおもな餌とした。そのトカゲはこの地の植生に頼って生きている。多くの木が伐採されたら、植生が変化して従来の森の姿がそこなわれてしまう。餌となる植物が少なくなれば、トカゲはもっと条件のいい場所を探して移動する。トカゲの数が減れば、鳥も減る。われわれがワシの詳細な観察を始めてから、一年に複数の巣が見つかったためしがない。昨年は繁殖例がまったくなかった。巣をつくっているつがいがひと組見つかったと聞いたときは、ほっとしたよ」

伯爵は眉間に深いしわを寄せて続けた。

「きみのお父さんが亡くなったのは残念だった。彼なら解決方法を見つけられたはずだ。貴重な鳥たちを絶滅から救うのに、その知識を当てにしていたんだが。手紙の中にもヒントがたくさんあったような気がする。たぶん、心当たりはあったが、実際にワシの習性や生息地を見るまでは発表したくなかったのではないかな。いまとなっては、数が減るのを止める手立てはない」

「そうともかぎらないわ」

静かに発せられた言葉は、フランシス自身の耳にも大きく聞こえた。狭い隠れ場所の中に響きわたったかのように。彼女は勇気をふるって、伯爵の意外そうな顔を見返した。彼に告げようとしている解決方法は非常に簡単なもので、ずっと実行されずにいたのが不思議なくらいだった。

伯爵は険しい顔つきで問いかけるように彼女を見つめている。フランシスは続けた。

「何年か前、チョウゲンボウの一種がやはり絶滅寸前になったの。野生のままでは非常に厳しい状況だったから、父は、雛を隔離して繁殖させるのが唯一の救済方法だと考えたわ」

「どんなふうにしたんだ?」伯爵は勢いこんで尋ねた。わらにもすがりたい気持ちのようだ。

「まず、父は巣までのぼっていって卵を取った」

「卵を取った?」

「そうよ。さほど驚くことではないわ。あのときの父は直感に従って動いていたけれど、それまでの経験から、雌がふたたび卵を産む可能性があることもわかっていた。その場合、第二の卵を確実に守るために、絶対的に安全な場所に巣をつくり直すだろうということも」

「その推論は正しかったのか？」

フランシスはうれしそうに目を輝かせた。「そうなの。そのシーズンはチョウゲンボウの雛が二倍になった。ひと組は野生で孵《かえ》ったもの、もうひと組は保護して孵したものよ」

「驚いたな《マードレ・デ・ディオス》！」伯爵はフランシスが天国からの使者でもあるかのように、ほほ笑みながら彼女を見下ろした。だが、その笑みは現れたときと同じく突然消え、伯爵はひどく落胆した顔になった。「お父さんが後継者を育成する時間もないうちに亡くなってしまったのが残念だ。雛を孵して育てるには、特別な知識が必要だろう」

「後継者ならいるわよ！」フランシスは満面の笑みを浮かべた。伯爵の子どもを産むという喜びが得られなくても、少なくとも、彼の愛するワシの種の存続を確実にするための手伝いはできる。「わたしは父の原稿を入力し、卵の見張りをし、ほぼ問題なく卵を孵化《ふか》させる手伝いもした。わたしに任せてもらえば、ひとりでもきっと成功させてみせるわ！」

ほんの一瞬、伯爵はためらった。伝統的な方法で鳥を守るか、経験豊富な鳥類学者によって成功した実験的な方法を試してみるか、明らかに迷っている。それでも、フランシスの大きく見開いた目に説得されたのか、ようやく彼女の提案に気持ちが傾いたようだった。伯爵は同意する代わりに質問した。

「どんな道具が必要になる？」

「まずは、巣に届くくらい高いはしご。それから卵を孵卵器に移動させるのに使う、綿をつめた広口の魔法瓶よ」フランシスはあたりを見まわし、コーヒー入りの魔法瓶を手に取った。「ここにある！　これで大丈夫。館に戻ってちゃんとした孵卵器を用意するまで、卵を温めておくのに充分よ」

彼女の熱意が伯爵にも伝わったらしく、彼はにやりと笑って言った。「ぼくの愛車ではなく館のワゴン車でここに来たのは、霊感でも働いたのかな。トランクに積まれている装備がいつもどおりなら、その中に繰りだしばしごがあるはずだし、救急箱には脱脂綿がたくさん入っているはずだ。見に行ってくる。二十分もかからないよ」

フランシスはひとりでその場に残り、ワシの観察を続けた。いまこのときばかりは、あの巣が典型的な猛禽類《もうきんるい》のものより低い位置につくられていてよかった、と思わずにいられない。

雌ワシが巣を離れたので、フランシスはその大きな姿を双眼鏡で追った。ワシはたちまち木の高さを越えて舞いあがり、翼を大きく広げてゆっくりと旋回し始めた。翼には真っ白な模様があり、威厳に満ちたその姿はまさしく鳥の王者のようだ。

もしサベリタのロマンチックな言葉を信じるなら、いずれはフランシスにも、雌ワシと同じように巣を守りながら、力強く健康な子どもが生まれるのを楽しみにする日が来るだろう。はるか昔、ムーア人に支配された時代にアンダルシアを故郷とした一族を絶やさず存続させていくために。

伯爵の戻る足音が聞こえ、フランシスの夢想は終わった。けれど、その名残が残っていたらしく、彼女の灰色の瞳は未来への不安に曇ったままだった。

はしごを肩に担いだ伯爵が彼女の顔をのぞきこむ。「大丈夫か？　本当にできると思うか、フランシス？」

彼女の表情を見てあまり自信がなさそうだと感じたのか、伯爵はしばしためらった。

「このやり方には危険もある。巣を荒らされ、鳥が狂暴になるかもしれない。もちろん、できるかぎりぼくがきみを守るつもりだが、不安があるならいまのうちに言ってくれ」

この期におよんで彼が気を変えては困ると思い、フランシスは手際よく魔法瓶に綿をつめながら、なるべく冷静に聞こえるように答えた。「野生の鳥の行動は予想がつかないわ。とにかくやってみて、何か問題が起こったらそのときに考えましょう。はしごを木の幹に立てかけて、しっかり支えていてくれる？」毅然《きぜん》とした表情でワシが巣をかけている木のほうへうなずいてみせ、早く始めようと促す。「いま、雌は巣を離れているし、雄は狩りで忙しいから、その隙にやってみるわ」

伯爵がはしごの高さを調節し、下部を柔らかな地面にしっかりと突き刺して幹に立てかけると、フランシスはすぐにのぼり始めた。片手ではしごをつかみ、もう一方の手で大事な魔法瓶を抱えて、一段一段をすばやくのぼっていく。

木のてっぺんに近づき、巣とほぼ同じ高さまで達したとき、雌ワシの恐ろしい鳴き声がした。フランシスの存在に気づいたらしい。彼女は緊張して動きを止めたが、体のバランスをくずしてはいけないと思い、周囲を見まわしたりはしなかった。そのとき、伯爵の声が聞こえた。

「続けて、フランシス。雌はきみの頭上の左側の枝にとまっている。警戒しているようだが、雄が戻るまで攻撃はしないと思う。急いで卵を魔法瓶に入れるんだ。ぼくは散弾銃を持っている。いざとなったら宙に向けて撃ち、ワシたちを脅してもいい。そんな事態はなるべく避けたいがね！」

背後のとても近い場所から聞こえる、耳をつんざくような鳴き声に胸をどきどきさせながら、フランシスは手を頭上に伸ばし、巣の中を慎重に探って、繊細な卵を指で包みこんだ。緊張感に身を硬くしながら、不快な臭いのする巣から卵を取りだし、魔法瓶に入れた。

それを三度繰り返し、小枝と土でできた巣を指で探った結果、フランシスの目と耳と口の中はほこりだらけになってしまった。

雌ワシが怒りの声を放ちながら、とがったくちばしや鋭い鉤爪《かぎづめ》がフランシスの視界に入るほど近くまで移動してきた。それでも、彼女は懸命に勇気を振りしぼってその場にとどまり、もう卵はないと納得できるまで巣の中を探ってから、慎重にはしごを下り始めた。

フランシスがはしごを半分ほど下りたとき、雄ワシが雌ワシの興奮した鳴き声にこたえて頭上に戻り、一直線に急降下してきた。怒りに満ちた恐ろしい金切り声を耳にし、フランシスははしごの途中で身動きできなくなってしまった。

雄ワシがはしごに向かって力強く羽ばたき、フランシスは恐怖に身をすくめた。激しい翼の動きにあおられ、はしごから転げ落ちそうになる。次の瞬間、彼女は悲鳴をあげた。翼のある捕食者の餌食になったかのように体が宙に浮き、何ものかにしっかりととらえられた。

足が地面につき、早く戻ろうという声を聞いて初めて、フランシスは彼女をとらえたのが大きな雄ワシではなく、伯爵だったことに気づいた。

「早く、隠れ場所へ！」伯爵がまた叫び、彼女の体を押した。

フランシスがよろめきながら隠れ場所に逃げこんだ瞬間、雄ワシが二度目の攻撃をしかけてきた。

伯爵もフランシスに続いて中に入り、彼女の呼吸が元に戻るのも待たずに問いかけた。

「卵を取ったか？」

「ええ、三個よ」口の中がほこりっぽいうえに、恐怖で喉がからからだったが、フランシスはなんとか声を出した。「巣から取ったとき、生温かかった。雌はあまりしっかり温めず、少し冷ましてから徐々に温めようとしていたのかもしれない。魔法瓶のふたを開けてもらえるかしら。孵卵器に入れるまで、一定の温度を保たなければならないの」

「それまでは安心できないな」

伯爵はすぐさまフランシスの言葉に従った。それから、隠れ場所の中に設けられた観察用の一画へ移動し、外を見た。彼は卵を取られた雌ワシの動揺と、縄張りを侵害された雄ワシの怒りを心配しているらしい。

「ロム、ワシはまだ騒いでいる？」

伯爵が双眼鏡を持ちあげ、ワシの様子を見る。「なんてことだ《マードレ・デ・ディオス》！　信じられない。雌はくちばしで羽根を整えている」彼は小声で答えた。

「雌の気持ちはわかるわ。女性は困ったとき、勇敢な騎士に助けてほしいと思うのよ」

さっきの忘れがたい経験のせいでまだ呆然《ぼうぜん》としたまま、フランシスは深く考えることなく安堵《あんど》と感謝の気持ちを口にした。

自分がひどい格好をしているのはわかっていた。頬にはほこりがこびりつき、髪には小枝がからまり、服も泥だらけになっている。それでも、伯爵が彼女を見たとき、彼の目には賞賛にも似たきらめきがあった。

伯爵はフランシスに近づき、髪から枝を取った。フランシスはその心遣いと、キスよりも優しいまなざしに心を震わせた。

「きみには驚かされてばかりだ。これほど勇敢な女性がいるとは」伯爵はかすれた声で言った。

その瞬間、フランシスは、愛さずにいられない男性と自分とのあいだに絆《きずな》が生まれたような気がした。それはもろいけれど、間違いなくふたりを結びつけてくれる――そう思えた。

伯爵のいまの気持ちがずっと変わらないでほしい、さっきそうだったように、ずっと彼に賞賛されていたい。そんな思いも湧きあがる。しかし、フランシスにはなんとしてもなしとげなければならない仕事があった。葉陰につくられた幸せなこの空間の中に永遠にいたいと願いながらも、みずからその雰囲気を破らざるをえなかった。

「ロム、遅くとも三十分以内に、卵を孵卵器に入れなければならないわ」二度と戻ってこないかもしれない甘く優しい瞬間が終わるのを惜しみながら、フランシスは告げた。

十分後、ふたりは館へ戻る車の中にいた。フランシスの膝の上には、貴重な卵を入れた魔法瓶がのっている。

「孵卵器をつくるのに必要なものが、館にはちゃんとそろっているだろうか?」伯爵は敬意をこめた表情で、彼女を見ながら問いかけた。

フランシスは彼のまなざしを誇りに思い、この計画は必ず成功させてみせると決意を新たにした。

「きっと大丈夫よ。父はキッチンにあった道具を使っていたし、苗を育てるのに使う、土を温めるための温室を使うこともあった。父は言っていたわ、ドームの形をした覆いをかぶせれば、卵を孵すのに必要な温度と湿度はうまく保てるはずだと。まず、孵卵器に入れる前に卵を計測し、重さを確認して番号をふる。それから三週間、卵が孵るのを待つあいだ、文字どおり一日二十四時間、誰かがそばにいないといけない。温度がチェックできるように、夜のあいだも近くで寝るようにするのよ」

「これから一カ月間、孵化のためにすべてをささげる気らしいね。本当に大丈夫か？　もちろん、ぼくもできるだけ手伝うつもりだが、きみのほうが負担は大きくなるだろう。この計画が成功すれば、とてもすばらしいことだ。だが、きみが過労で倒れでもしたら、そっちのほうが困る」

伯爵の優しい気遣いを、フランシスは心からうれしく思った。

「倒れたりなんかしないわ。たしかにこれからの数週間はたいへんだけれど、それだけの価値はあるはずよ。すばらしいことだわ。卵の殻にかすかなひびが入るのを見た瞬間、疲れなんか吹き飛んでしまう。それから小さなくちばしの先が見えてきて、まだ羽根の生えていない小さな雛が現れるのよ！」

わずかだが、車が道からそれそうになった。運転している伯爵の心が一瞬揺らいだかのようだった。フランシスは運転席のほうに目をやり、珍しく集中力を欠いた様子の伯爵を見て、彼が結婚式の夜のことを考えていると直感した。

ややあって伯爵は口を開いたが、その口調はなぜかフランシスを非難しているように聞こえた。

「これまでの経験から、臆病であることの影響力を見くびってはいけないとよくわかっている。その弱さにこそ力があり、爪など持たなくても人の良心に傷跡を残すものなのだと！」

11

錬鉄製の格子に囲まれた窓がほんの少し開いているせいで、フランシスの寝室には夜気が流れこみ、庭の噴水の音が聞こえてくる。夜行性の鳥やコオロギの鳴き声を無意識のうちに聞きながら、フランシスはベッドで眠ったり起きたりを繰り返し、取るようにと言われた休息も取れずにいた。

というのも、この三週間、彼女は伯爵の忠告を無視し、卵を抱いた雌鶏《めんどり》さながらにワシの卵を入れた孵卵器《ふらんき》のそばにずっといたからだった。睡眠は一度に二時間ほどしかとらず、それも孵卵器の近くに置いた椅子でうたた寝をすることが多かった。伯爵が手伝いに選んだ館の使用人たちを頼りにしてもよかったが、四時間おきに卵を回転させる作業は、できることなら人任せにしたくなかった。

ところがいま、フランシスは女性ならではの直感で卵の孵化のときが迫っていることを感じ取り、今夜が重大な夜になると予想していた。

フランシスはベッドの上で体を起こした。大儀そうなしぐさで上掛けを脇に押しのけ、ベッドを出て、暗闇の中でガウンを手探りする。

それは襟元から裾まで前にボタンのついている、丈の長い白い木綿のガウンだった。フランシスはガウンを羽織り、キッチンのほうへ向かった。孵卵器はキッチンに隣接する小部屋に置かれ、伯爵が気まぐれに〝産科病棟〟などと呼ぶこともある。フランシスは、眠そうな当直の男性に、亡霊か何かのように思われたみたいだった。

「もうやすんでいいわよ、ホセ」フランシスがほほ笑みかけると、最初は驚きに目を見張っていた男性が、不思議なくらいすぐにほっとした表情になった。「何か変わったことはなかった？」フランシスは孵卵器がおさまっているアクリル製のドーム形の覆いをのぞきこんだ。「卵にひびが入りそうな気配は？」

「何もありません、伯爵夫人」

ホセは立ちあがり、かぶりを振りながら交替の準備をした。

使用人たちの誰もがフランシスの身を案じている。若い伯爵夫人が過重な負担を背負いこもうとしている、と。しかし、フランシスは誰の忠告も聞かなかった。イベリア・カタシロワシの卵を農場にいる鶏と同じように孵化させ、雛《ひな》を育てることができる――そう証明しようとするあまり、少し常軌を逸している。そんなふうに思われていた。

「わたしがこの場を離れて、伯爵は本当に気を悪くしないでしょうか？」ホセは落ち着かない様子で足の位置を踏み替えていた。「伯爵にきつく言われているものですから」

「大丈夫よ」フランシスはそっけない口調で答えた。彼女の意識はすでに卵に集中していた。「何かあったら、わたしがすべて責任をとるから」

ホセが出ていくと、フランシスは孵卵器の置いてあるテーブルの近くに椅子を引き寄せ、片方の肘を膝にのせて頬杖《ほおづえ》をつき、これまで時間と愛情を注いできた卵に何か特別な動きはないかと、じっと目を凝らした。

この卵がうまく孵《かえ》れば、裕福な夫にお金では買えない贈り物ができる。フランシスは口元に穏やかな笑みを浮かべ、辛抱強く観察を続けた。一分から一時間へと、時間が静かに流れていく。

孵化を待っている数週間のあいだ、周囲の者たちは懐疑的で、フランシスでさえ、もろい卵の中で誕生の奇跡が起こりつつあるという信念が揺らぎそうになることはあった。けれど、つわりで母親に存在を知らせる小さな命のように、雛は確実にしっかりと殻の中で成長しているはずだった。

突然、フランシスは幸せな空想から現実に引き戻された。鉛筆で引いた線のような細いひびが、斑点のある茶色の卵のひとつに現れていた。

いまこそ、助産師としての能力が試されるときだった。フランシスはその卵を取りあげ、孵卵器の金属バーのあいだから、柔らかいティッシュを敷いた浅いボウルにそっと移した。雛が殻を破るのを励ませという父親の声が、はっきりとよみがえってくるような気がした。

〝雛が孵るとき、母鳥は出てくる雛たちに向かってさかんに鳴き声をかけ、安心して出てこいと励ますんだ。それをまねしてごらん〟

フランシスは大きく唾をのみこんでから、卵のほうにかがみこみ、母鳥の鳴き声をまねて語りかけた。「チチチチ、がんばるのよ！　チチチチ、さあ、いい子ね、チチチチ！」

そのとき、殻に穴があき、小さなくちばしの先がのぞいた。いつの間にか伯爵がフランシスのそばに立っていて、ふたりはともに大きく息をのみ、卵の殻が少しずつひび割れていく様子を一緒に見守った。とうとう卵が大きく割れ、やせこけて濡《ぬ》れた、弱々しくはあるものの健康そうな雛が現れた。

ほかの二羽もすぐさまあとに続き、フランシスと伯爵は喜びの声をあげる暇もなく、あわてて三羽を手のひらにのせ、わらを敷いた箱におさめた。その箱はもともと卵があった巣を参考に、なるべく近い形にしつらえられたものだった。

夜が明け、館の中に使用人たちが起きだした物音が聞こえ始めるころ、フランシスは感謝の祈りをささげるように両手を握り合わせ、伯爵を見て満足げにため息をついた。

「三羽よ！　ワシ《アキラ》の一族に、三羽が新たに加わったわ！」

「きみのおかげだよ」伯爵はささやくように言い、フランシスを見つめたまま、ゆっくりと自分のほうに引き寄せた。

彼が黒髪を後ろにかきあげて顔を寄せ、フランシスの震える唇に感謝のキスをしようとしたとき、勢いよくドアが開いた。ホセが見張り番を交替するために飛びこんできた。

「すばらしい《ムイ・ボニータ》！」

雛を見たホセが大声をあげたので、ほかの使用人たちまでがぞろぞろとやってきて、まもなく部屋は歓声をあげる人々であふれかえった。

「みんな、外へ！　外へ出ろ！」伯爵は少しいらだった顔で彼らを追いだした。それでも、使用人たちのがっかりした顔に気づき、にやりと笑って言い添える。「シャンパンを持ってこい。新しく誕生したものたちを祝って飲もう！」

伯爵とフランシスも使用人たちに続いて小部屋を離れ、祝杯を上げた。だが、フランシスは雛たちの様子が心配になり、誰にも気づかれないようにして小部屋に戻った。そこではおなかをすかせた雛たちが鳴き声をあげ、ホセが最初の餌を用意していた。

「もしよろしければ、伯爵夫人、わたしに雛たちの世話を任せてくれませんか」ホセがおずおずと申し出た。「ある程度のこつがわかれば、あとはそうむずかしくないはずです。あなたのおかげで、雛たちはいちばん困難なところを乗り越えました。ですが、日に何度も虫をつかまえてきて雛たちに与えつづけるなんて不愉快な仕事は、あなたの色白の柔らかな手には似合わない。わたしに任せてください」

「そうは言ってもね、ホセ」

伯爵がシャンパンのグラスを持って現れたので、フランシスは反論の言葉をのみこんだ。

「これを飲むんだ。そして、飲んだらさっさと寝室に行ってやすむことだ。今日という今日は、きみが部屋から抜けださないよう、このぼくが見張りをする」伯爵はいかめしい命令口調で告げたものの、その裏には思わせぶりな調子が感じられた。

彼の漆黒の瞳に見つめられながら、フランシスは金色の美酒を無理やり飲み干した。口の中に甘い味が広がると、泡とともに幸せがはじけて胸に満ち、めまいさえした。

伯爵に抱きあげられ、キッチンを出て寝室へ向かう階段へと進んでいくあいだに、雲の上に浮かんでいるような気分がさらに強まっていった。

フランシスは必死に疲労感を追い払おうとした。かつて経験したことのない達成感を、このままずっと味わっていたかった。これまでに一度だけ、ロマとムーア人の血を受け継いだ男の情熱が解き放たれ、スペイン貴族の高慢さや大地主のよそよそしさが忘れられた夜があった。あの夜に知った伯爵の姿をもう一度見たかった。

ベッドにそっと横たえられたとき、フランシスは伯爵に優しくされるのがうれしい気持ちを、みずからに素直に認めた。彼を喜ばせた褒美として、耳元を愛撫《あいぶ》され、二度と放さないと言わんばかりに両腕で抱き締めてもらえる。

まぶたが重くなり、フランシスは必死に目を開けていようとした。しかし、どうにも抵抗しようのない疲労感が押し寄せ、マントのように彼女を包みこんでいった。何週間も無視し、強い意志の力であらがってきた疲労感だった。

「きみの瞳を見ていると、山の奥深くにある湖の、測り知れない灰色の深みを思い出す。羊飼いたちは湖の色の変化から、何キロも先から来る嵐の予兆を知るんだ」

　伯爵の声の響きは現実とは思えないものだったけれど、それでいて豊かな感情がこもっていた。

「そうした湖のひとつに、特別な伝説に彩られたものがある。湖の奥にムーア人の王が建てた屋敷があり、そこには主人に捨てられた奴隷の女が悲しみに暮れながら住んでいた。悲しみのせいで、女は近づいてくる男たちを水の中に引きずりこむようになった。男の前に白鳥の姿で現れ、静かな灰色の水際まで誘い、両腕で抱き締めて恍惚《こうこつ》のうちに水中に引きずりこむ。ぼくもその白鳥の犠牲になりそうだ。灰色の瞳の誘惑に魅せられて……」

　伯爵のささやき声がしだいに遠のくように感じられ、フランシスも彼にささやき返した。

「ロム」いまにも深い眠りに引きこまれそうになりながら、まだ何か彼に言い忘れている、とても大事なことがあるような気がしてならなかった。

「なんだ……愛する人《ケリーダ》?」

　フランシスはあくびを噛《か》み殺した。頬に感じる彼の鼓動が、規則正しく鳴りつづけるドラムのように眠気を誘う。

「お願い……ホセに、雛に餌をやるときは虫をすごく小さく切るように、と言うのを忘れないで」

およそ八時間後、フランシスは奇妙な不安感とともに眠りから覚めた。

彼女はものうげに周囲を見まわした。真昼の太陽の光は鎧戸《よろいど》にさえぎられ、室内は薄暗く、涼しい。眉根を寄せ、眠りに落ちる直前に伯爵と交わした短いやりとりを思い出そうとした。

何かがおかしい気がしてならない。いったいなぜだろう？　最高に幸せだった貴重な瞬間は、残念ながら過ぎ去ってしまったらしい。そう感じられるのはなぜなのか、いくら考えても手掛かりは得られなかった。

ドアをノックする音が聞こえ、サベリタが朝食のトレイを持って入ってきた。トレイの上にはフランシスの好みの食べ物がのっている。軽くゆでた卵、トースト、そして豊かな香りを漂わせている、いれたてのコーヒー。

「やっと目が覚めたのね」サベリタがにっこり笑い、ベッドに近づいてきた。「もうじき昼食の時間になるところだけれど、きっと寝室で食べたいだろうと思って」

フランシスはうなずき、上半身を起こして枕に寄りかかった。ところが、朝食ののったトレイを見たとたん、吐き気に襲われた。

「ああ！」フランシスの苦しげな声を聞きつけ、サベリタが足を止めて振り返った。フランシスの顔から血の気が引き、灰色の瞳が不安げに曇っている。フランシスが手で口を押さえ、バスルームに駆けこむのを見たとき、サベリタは事情を察し、うれしそうな笑みを浮かべた。

サベリタはトレイを置いて、伯爵夫人の世話をしようとバスルームに急いだ。ちょうどそのとき、フランシスがドア口に現れ、ドア枠にすがるようにして力なく立った。

「大丈夫、すぐによくなるから。そうしたら……」サベリタは満足げなため息をもらしながら言った。「ああ……赤ちゃんをこの手に抱くときがくるなんて！　知らせを聞いたら、一族は大喜びよ。もちろん、こうなるとはわかっていた。もっとも、バジルの効果がこれほど早く表れたのは初めてだけれど」

「だめよ、サベリタ。まだ……まだ誰にも言わないで」弱々しい中にも強い意志を感じさせる声で、フランシスは釘《くぎ》を刺した。

「だけど、伯爵はみんなに知らせようと言うわ！」

「彼にも知らせないで」

その言葉に、サベリタはひどくショックを受けたようだった。どんな男でも、妻が妊娠したとわかったらすぐに知る権利がある。それがサベリタの考えだった。まして伯爵ならなおさらだ。

サベリタが不満げに口元をゆがめるのを見て、フランシスの気持ちは沈んだ。充分な説明などできないと知りながら、それでも自分の意思を通すつもりだった。

フランシス自身も困惑していた。伯爵がフランシスを妻に望んだ理由は、残酷なまでに明らかにされている。

彼は後継者が必要なだけで、子どもの母親と感情的に深いつながりを持つことは望んでいない。彼は生涯にただひとりの女性を愛する男性だ。かつて結婚を申しこんだ女性に心変わりをされ、深く傷つき、残りの一生を愛情とは無関係に過ごすと決意してしまった……。

困ったことに、フランシスは涙がこみあげるのをこらえきれなかった。あわててまばたきをし、みじめなところを見せまいと横を向く。しかし、サベリタが息をのんだのがわかった。賢い老女はフランシスの涙に気づき、その意味を正しく理解したらしい。

「伯爵はあなたを求めていない、ほかの女に恋をしている、と思っているのね。でも、そんなことはないはずよ。わたしを信じて。その昔、若いイサベラが証明したように、月を陰らせるほど力のある魔術があるの。魔力のある媚薬《びやく》で、男をうっとりさせるのよ」

フランシスはあわてて顔を上げた。「だめよ、サベリタ！　伯爵の飲み物におかしなものを混ぜたりしないで。それはぜったいに許しません」

「よくわかりました」

サベリタの礼儀正しい受け答えは、どこか信じ切れないところがあった。表情が穏やかすぎて、目がずる賢そうに輝いている。サベリタは続けた。

「もちろん覚えていると思うけれど、今日はセニョリータ・ペラルタと一緒に、村人たちが毎年開催する闘牛を見に行く日よ。地元ではこの闘牛はとても特別なものと考えられている。誰もが着飾って出かけるの。普通は六頭の牛が殺される。どれもが、セニョリータ・ペラルタの父親、ケサダ侯爵所有の群れから選ばれたものよ。牛は〝闘い《リディア》〟と呼ばれる伝統的な儀式にのっとって殺される。リディアは二十分ほどで、それが繰り返しおこなわれる。三人のマタドールが、それぞれのリディアで牛を殺すの。まず三頭が殺され、短い休憩のあと、残りの三頭が殺されるのよ」

サベリタがフランシスの気分をさっきまでの話からそらそうとしたのなら、目的は果たされていた。フランシスはうめき声をあげると、バスルームに駆けこみ、大きな音をたててドアを閉めた。

それでも、一時間ほどのあいだにシャワーを浴びてゆっくり休み、吐き気がおさまると、フランシスはいくらか元気を取り戻し、何か色鮮やかで異国風の装いがしたいと考えられるまでになった。

とはいえ、誇り高い伯爵は妻の衣装だんすの中身についてはあまり関心がないらしい。フランシスはため息をつき、飾り気のない白いワンピースに手を伸ばした。ずいぶん長く着ているものだが、まだまだ着られる。

彼女はワンピースの下に着る薄いシルクのスリップ姿で鏡の前に立ち、自分の首筋や肩を眺めた。大きな葉陰に隠れて、太陽の厳しい光から守られているマグノリアの花のように、白く輝いている。そのときノックの音がした。

「どうぞ《アデランテ》!」

てっきりサベリタか若いメイドが入ってくるものと決めこみ、フランシスは振り向いた。ところが、ドア口にいる人物を見たとたん、驚きに目を見張った。笑みを浮かべていた口元がたちまちこわばる。

「サベリタがドレスを見つけてきた」

伯爵が寝室に入ってきた。鮮やかなサテンやつややかなシルクのドレスを何着も腕に抱えている。彼はそれをベッドの上に置き、言葉を続けた。

「使用人に注意されるまで、妻に足りないものに気づかず、すまなかった。近いうちにコルドバに……いや、セビリアに行こう。マリアは買い物がしたくなるとセビリアに行くらしい。サベリタに、きみにはふさわしい服が必要だと指摘され、正直言って驚いたよ」伯爵は眉をひそめてフランシスを見下ろした。彼女が困惑していることには気づいていないらしい。「きみはとりたてて外見にこだわるようには見えなかったから」

伯爵がマリアの動向に詳しいのが気に障ったのかもしれない。あるいは、フランシス自身が、いわゆる〝デリケートな状態〟にあったせいかもしれない。彼女は伯爵のほうに向き直り、あからさまに不機嫌な口調で言った。「どんなにすてきなショーでも、見る気のある観客がいなければつまらないものよ。ところで、あなたは着ている衣服の値段で女性の価値を判断するようになったらしいわね。わたしはここにある古いドレスから選ぶほうが自分に合っていると思うわ！」

美しい生地から手で縫いあげられ、ラベンダーと白檀《びゃくだん》の香りをたきしめた貴重なドレスに、こんな侮蔑的な言葉をぶつけるのは間違っている。それはフランシス自身もよく承知していた。

伯爵が静かな声で応じた。「祭りのとき、スペインの女はみな、丈の長いひだ飾りのあるガウンを着る。もちろん、男にも祭りならではの装いがある。馬に乗るつもりなら、柔らかいなめし革のコルドバン・ハットをかぶり、きつい上着と乗馬ズボンの上にはチャパラホスという革のオーバーズボンをつける」

彼は優しい態度を保とうと努力しているようだった。声を荒らげて若い花嫁をおびえさせないように気遣っているらしく、穏やかな口調で続ける。

「どうした、フランシス？　気が進まないなら、農場へ行くのを断ってもいいんだ」

伯爵はフランシスに近づこうとしたが、彼女が身をこわばらせたのを見て、困惑したように口元をゆがめ、瞳を曇らせた。

「いまになって断ったりしたら、マリアがなんて言うかしら？」

フランシスは生まれついての貴婦人のようにさっと身をひるがえすと、窓辺に歩み寄り、伯爵に背を向けて立った。彼らしくない優しさを見せられても、どうしてだか素直に感謝する気持ちにはなれなかった。体の震えが止まらず、彼女は必死に自分を抑えようとした。

伯爵は怒りを覚えながらも、フランシスの疑念をようやく理解した。思わずマリアを引き合いに出したために、彼がかつて婚約を破棄され傷つけられた仕返しに、相手を選ばず結婚する気になったのだと彼女に思わせてしまい、侮辱してしまったようだ。

「女性の頭の中はじつに複雑だ。その働きを推測できる男がはたしているだろうか？　ぼくには無理だ」伯爵がきつい口調で言い返した。それまで抑えていたいらだちがあらわになっている。「女性というのは影みたいなものだ。追いかければ逃げ、逃げようとすればついてくる！」

フランシスは怒りを覚えた。反抗的に目を輝かせ、あえて伯爵に視線をぶつける。怒りの感情は感謝の気持ちをもしのぐほど強く、いまこの瞬間はそれがかえってありがたかった。

「マリアとあなたはお似合いだった。そんなあなたがどうしてわたしと結婚する気になったのか、理解できないわ！」

「古いロマの言葉に影響されたのかもしれない。〝馬を買うときと妻をめとるときは、目を閉じて神を信じろ〟というんだ。残念ながら、ぼくの場合はそれがうまくいかなかったらしい」

フランシスが悲しげに顔をゆがめても、伯爵は平然としていた。厳しい表情で、椅子をまたいで座り、ベッドの上に投げだされたままのドレスのほうに手を振ってみせる。

「時間がない。好きなものを選ぶんだ。ぼくが意見を言ってやるから」

「その必要はないわ。サベリタと相談して適当なのを選ぶから」

「サベリタの色の好みは当てにならないし、きみの好みはまったくわからない。ぼくの花嫁に会いたがっている友人たちに紹介する前に、きみの格好を確認させてくれ。白以外の色にしてくれ。純潔の色はもうふさわしくないだろう。ピンクがいいかもしれない、きみの頬はたいてい恥ずかしそうに染まっているから。あるいは青でもいい。きみの瞳の色を引き立たせるから。館の壁に飾られている過去の伯爵夫人の肖像画を見て気づいたかもしれないが、ぼくの先祖たちは恵まれた体つきの女性を好んだ。彼女たちは情熱的で、上手に媚《こび》を売り、胸元を見せて夫の目を引きつけた。きみもその例にならったらどうだ、フランシス。彼女たちは夫に言い寄られたら無視はしなかっただろうし、寝室ですることがあるのに料理のことを考えていたりはしなかったはずだ」

伯爵の挑発に満ちた言葉に、フランシスは深く傷ついたが、いまはそんな自分の感情を無視することにした。重い心を抱え、あまり気乗りがしないまま、遠い昔に女たちが愛する男を喜ばせるために着たドレスを選び始めた。

モスクの大理石の床にステンドグラス越しの光が投げかけられたような、色鮮やかなサテンのドレス。アロマオイルの芳香を放つ、つややかなシルクのドレス。漆黒のレースが渦巻いているドレスは、真っ白な壁を背景に色とりどりの花が咲き乱れる中庭で、バルコニーや窓を囲む黒い錬鉄の格子を思わせる。

パフ・スリーブで丈の長い、比較的シンプルなデザインのドレスを持ちあげたとき、オレンジの花の香りがフランシスの鼻をくすぐった。張りのある白い木綿地に、緑の小枝やローズマリーを集めた花束が描かれている。

「これがいいわ」

フランシスはそのドレスを体の前に当て、伯爵のほうを向いた。地味なデザインが自分に合っていると思った。

「なんとなく、ぼくもそれを選ぶような気がしていた」

伯爵はもう怒っている口調ではなく、どこかあきらめたような様子だった。

「いいだろう。それを着るといい。ぼくも着替えてくる。ドレス選びに時間を取られて、遅くなってしまった。急いでくれ」伯爵はドア口へ向かいながら言った。「十分後に戻ってくるから、それまでに用意をすませておくように」

伯爵が寝室から出ようとしたとき、サベリタがレモネード入りの水差しとグラスののったトレイを持って現れた。

「お出かけの前に、これを飲んでいってください。伯爵のために特別につくったんですよ！」

サベリタは近くのテーブルにトレイを置き、グラスにレモネードを注いだ。伯爵はためらったが、ここで言い争うより、おとなしく飲んでしまったほうが早いと判断したらしく、肩をすくめて同意した。

伯爵がグラスを口元に持ちあげたとき、フランシスはサベリタを見やり、この年老いたロマの女性が伯爵を満足げに眺めているまなざしに気づいた。何かありそうだった。もしかしたら、あのレモネードには男の心を惑わせるような、取り返しのつかないほどの効力を発揮するハーブでも入っているのかもしれない。

「だめ、ロム……だめよ!」

フランシスの叫び声に驚き、伯爵はグラスを持った手を止め、彼の妻とサベリタの顔を見比べた。それから、恐ろしいことに、伯爵は口元に不可解な笑みを浮かべると、グラスいっぱいのレモネードをいっきに飲み干した。

12

伯爵とフランシスを乗せたヘリコプターはケサダ侯爵の農場へと向かった。ヘリコプターが大農場主の地所内にある発着場に降りたとたん、農場のほうから近づいてくる車が見えた。車から降りてきた使用人は、とにかく伯爵に謝罪するように、という指示を受けているらしかった。

「申し訳ありません、伯爵、伯爵夫人。当家の主人はすでに出かけました。ぜひともじきじきにお迎えしたいと、ぎりぎりまで出発を遅らせておりましたが、侯爵には闘牛の開始を公式に見届ける役目がありますので。侯爵が行かないことには何も始められませんから、闘牛場に行かざるをえませんでした。観衆が騒ぎだしてしまったんです」

使用人はフランシスに顔を向け、さらに説明を加えた。

「アンダルシアの人々にとって、闘牛は単なる娯楽ではなく、情熱なんです。優秀なマタドールは全員がアンダルシア出身です。目の肥えた者なら、優雅で誇り高い身のこなしや、死を目前にしてもたじろがない勇気で、アンダルシア人とそうでない闘牛士との見分けがつきます」

フランシスが嫌悪に身を震わせたのを感じ取ったのか、伯爵が使用人の言葉をそっけなくさえぎった。

「謝る必要はない。遅くなったこちらが悪いんだ。車を運転してもらえるかな」使用人が乗ってきた車を見やりながら言う。「これ以上遅くならないよう、侯爵となるべく早く合流したい」

車が猛スピードで大農場を通り過ぎ、侯爵の地所内の曲がりくねった道を進むあいだに、伯爵はいかにも残念そうな口調でフランシスに説明した。

「ある意味では、きみの初めての闘牛見物が壮観な大闘牛場でのものでないのは残念だ。闘牛士の出入り口の正面には大きなスタンドがあり、闘牛の主催者が役人や何千人もの観衆に囲まれて席につく。主催者は闘牛のひと幕ごとに白いハンカチを振って開始と終了を合図し、それを見た演奏者がトランペットで合図を伝えるんだ」

「ひと幕ごとに？　まるでオペラか何かのように話すのね！」フランシスはきき返した。花柄のドレスに身を包んだ彼女は、理解の早い勉強熱心な子どものようだった。

伯爵の激しい感情をくすぶらせる目に見つめられ、フランシスは頬を赤らめた。館を出る際、伯爵がいらだちながら待っていた玄関ホールに彼女があわてて駆けこんだときから、伯爵はふたたび抑制された優しい態度に戻り、フランシスを困惑させた。彼が傲慢な大地主だと知らない者が見たら、妻を甘やかしすぎていると非難されてしまう――そんな気がするほどだった。

フランシスはあわてて横を向いた。伯爵に目の奥をのぞきこまれたら、自分の秘密がばれてしまいそうだった。

何しろ、彼とは血が混じり合っている。あの魔法の一夜、彼はフランシスに、この世界に彼とふたりきりでいるような気分を味わわせてくれた。陶然とさせてくれた。伯爵は力強く、謎めいていて、彼女の心も体もとりこにしてしまった。

そしていま、フランシスは自分の鼓動とともに彼の子どもの心音を聞いているような感覚に陥りながら、彼の優しさを恨み、嫉妬深くて独占欲の強い妻にありがちな苦悩に苦しんでいる。

フランシスが彼を避けるようなそぶりを見せたのに、伯爵は機嫌を悪くした様子もなかった。

「うまいたとえだな。牛を殺す闘牛は三幕物の劇のように分かれている。第一幕は〝試み〟で、馬に乗ったピカドールが槍《やり》で突いて、観衆に牛の気質を見せる。第二幕は〝宣告《センテンシング》〟で、バンデリジェーロが銛《もり》を打って牛の怒りをあおり、本気にさせる。目に入るものすべてを敵と見なした牛が、命がけの闘いが始まることを認識して狡猾《こうかつ》になる。最後の幕は〝殺し〟で、マタドールがケープを使って牛を支配していることを示し、思いのままに牛を操って、ちょうどいい瞬間に剣で完璧な殺しを観衆に見せるんだ」

フランシスは胃のあたりがむかつくのを感じた。そんな血まみれの見世物を見に行きたくはない。そう口にしたい衝動を必死に抑える。

前方から地鳴りのような歓声が聞こえてきた。人々が壁一面にならび、首を伸ばしている。いちばん遠いところに、一段高くなった台座が見えた。明るい縞模様《しまもよう》の天幕が張られ、そこに座っている人々をまばゆい日差しから守っている。

フランシスは車から降り、黄色い円形広場を眺めた。すると、木製の壁に設けられたドアが内側に開いた。突然あたりが静まり返り、人々はこれから牛が現れるはずの方向に目を向け、日が差しこまない暗い空間を期待をこめて見つめた。

「ロム、ようやく来たのね！」

マリアが声をあげ、台座から下りてふたりを迎えた。黒いレースのベール《マンティージャ》をつけ、ふくよかな唇と同じ色の真っ赤なカーネーションを耳に飾っている。まつげの先まで入念に手入れされた、古い時代の貴族を思わせる華やかな姿だった。

マリアはフランシスに顔を向け、みじめでみっともない相手をあわれんでいるような目で見てから、客人ふたりを導いて空いている座席につかせた。マリアが彼らを同席の者たちに紹介しようとしたとき、陽光あふれる闘牛場へ牛が駆けこんできた。たちまち、彼女の声は興奮した観衆の叫び声にのみこまれてしまった。

入場の騒ぎがおさまったとき、闘牛場の中央では堂々たる黒牛が蹄《ひづめ》で砂をかいていた。牛はいきなり暗がりから飛びだしたばかりで、その場のまぶしさに目がくらんでいる様子だった。しかし、周囲の壁にかけられた赤いケープがひるがえっているのを見て取ると、頭を低くして数歩進み、蹄を地面に深く突き立てた。

伯爵の手が腕に触れるのをぼんやりと感じながら、フランシスは牛の動きを目で追った。牛がさらに頭を低くして走り始め、鋼のような筋肉を震わせつつ、ケープめがけて角を突き立てようと突進する。その様子を、彼女は恐怖を感じながらもすっかり魅了されて見つめていた。

角が届く寸前で、ケープは壁の上方に引きあげられた。目標を失った牛が鼻を鳴らして向きを変え、新たな標的を求めて走りまわる。

「美しい牛でしょう、伯爵夫人!」

フランシスは驚いて闘牛場から視線を離し、声のしたほうに向き直った。その思わせぶりな口調から、声の主の興味は眼下で砂を蹴っている動物ではないと感じられた。

話しかけてきたのはマリアだった。彼女ににらみつけられているのを知り、フランシスは心臓が喉から飛びだしそうなほど動揺を覚えた。マリアはいつの間にか伯爵と場所を代わり、フランシスの隣にいた。伯爵のもう一方の側には、ケサダ侯爵と紹介された年配の男性が座っている。伯爵はケサダ侯爵と話すために席を移ったのだろう。

マリアがふたたび口を開いた。「わたしもそうだけれど、ロムも、頻繁に災厄に見舞われる過酷な土地の出身だわ。そして、何度打ちのめされようと、自分のプライドをほこりにまみれるままにしておくより、命をかけてでも闘うほうを選ぶのよ」

フランシスは逃げることなく、マリアの挑戦を受けて立った。

「あなたのプライドを傷つけるようなことが起こっている、という意味かしら、セニョリータ？　あなたはいまだにロムが自分のものだと思っているのかもしれないけれど、それなら、彼があなたに夢中だったときに結婚しなかったのは残念だったわね」フランシスの声は小さく、震えていたが、それでも静かな威厳がこめられていた。

「なぜ過去形なの？　彼が心変わりするかもしれないのに」マリアはあざけるように言い返した。

この人はかなりの自信を持っているようね、とフランシスは思った。輝く太陽やにぎやかな祭りの雰囲気にもかかわらず、彼女の心は重く沈んだ。スペインの女王さながらに美しく装い、自分こそが世界の中心だと思っているこの女性には、とても太刀打ちできそうにない。

そのとき、途方もない歓声が湧き起こり、フランシスは闘牛場に注意を戻した。そこに現れたのは馬に乗った男たちだった。彼らは闘牛場に描かれた白い環《わ》の中に牛たちを誘導しながら、牛の興奮をあおっているようだ。

見ていると、牛は一頭の馬に目をつけ、馬体を保護しているクッション入りの当て物に突きかかっていった。その馬に乗っている男性がさっと腕を振りあげる。ピカドールが牛の盛りあがった背中に槍を突き立て、血が噴きあがるとともに、傷ついた牛は苦痛と驚愕《きょうがく》と恐怖であとずさった。

その直後、フランシスの眼前で、闘牛士も観衆も闘牛場全体も、すべてが揺らぎ始めた。思わずあえぎ声をあげたらしく、拍手喝采のなか、マリアが問いかけてきた。

「どうしたの？　気分でも悪いの？」

繰り返し襲ってくる吐き気と必死に闘いながら、フランシスは力なくうなずいた。

「ここで気を失ってはだめよ！　そんな恥ずかしいまねはロムが許さないわ。なんでもないようなふりをしていなさい」マリアは同情のかけらも感じられない声で言った。「少しのあいだ席を外せるように、わたしが言い訳をしてあげるから」

マリアがどんな嘘《うそ》をついたのか、フランシスにはわからなかった。伯爵がマリアの隣からこちらに顔を向け、どこかおもしろがっているような口調で言うのが聞こえた。

「好きにすればいい、小さなお母さん《チカ・マードレ》。少しはわがままも許されるだろう」

伯爵が口にした〝チカ・マードレ〟という愛情の感じられる呼びかけは、フランシスがイベリア・カタシロワシの雛《ひな》を孵《かえ》したからだろう。とはいえ、それを聞いてマリアは大きく息をのんだ。

その後の数分間は記憶があいまいだった。フランシスはマリアの手を借りながら、おぼつかない足取りでどうにか観客席から離れた。気分が悪いのを周囲の者に気づかれることもなかった。

ようやく人心地がついたときには、フランシスはマリアの車に乗っていた。髪が風になびき、頬に当たる冷たい風が心地よかった。車はかなりの速度で走っていく。フランシスは侯爵の農場に戻るものとばかり思いこんでいた。

突然、まわりに何もない場所でマリアがブレーキを踏み、タイヤをきしらせて車を急停止させた。それでも、フランシスはとくに危険を感じることもなく、なぜこんな場所で止まったのだろうと不思議に思っただけだった。周囲には起伏のない牧草地が広がり、丈の高い木製の囲いがあるばかりだ。

「降りなさい！」当惑したようなフランシスの灰色の瞳が気に入らなかったのか、マリアは恐ろしい形相で言い放ち、猛牛さながらの勢いで車の前をまわって駆け寄ってきた。

「ロムはわたしを愛しているのよ！」

フランシスは乱暴に車から引っ張りだされ、背中を押されて、囲いの柵《さく》に倒れかかった。

「わたしだって彼を愛している」マリアはさらに言いつのった。「ほかの女が彼の子どもを産むなんて許せない」

マリアの正気を失った顔を見て、フランシスは心底震えあがった。思わずあとずさると、背後の柵がそのまま後ろに開くのを感じた。そこは囲いの途中に設けられたゲートだったらしい。

マリアが悪魔のような笑い声をあげてフランシスに躍りかかり、囲いの中に押しこんだ。ゲートを閉め、南京錠《なんきんじょう》をかけてから、車へと駆け戻っていく。

「不法侵入者はもう少し周囲に注意を払うべきね！　右側をご覧なさい、伯爵夫人。〝牛に注意〟という警告があるでしょう！」遠ざかるエンジン音とともに、マリアの叫ぶ声が聞こえてきた。

これが現実であるはずがないと自分に言い聞かせながら、フランシスは震える体をゲートに押しつけた。ゲートは彼女の背丈よりも三十センチほど高かった。平均体重が四百五十キロもあり、ときに馬よりも俊敏で、角で馬も乗り手も持ちあげて宙に放り投げてしまうほどの動物を閉じこめておくためには、これくらいの柵が必要になるだろう。

これは悪夢に違いない、もうじき目が覚める――フランシスは恐怖に全身をこわばらせた。遠くに見えて、こちらに近づいてこようとしているあの黒い点も、悪夢の一部に違いない。

マリアの行為は完全に常軌を逸している！

そのとき、車のエンジン音が耳に届き、フランシスははっとした。マリアが正気を取り戻し、助けに来てくれたのだろうか？

だが、それをたしかめる余裕もないほど、黒い点がどんどん大きくなってくる。フランシスは恐怖のあまり呆然《ぼうぜん》と立ちつくし、近づくにつれて輪郭がはっきりしてくる黒い影を見つめた。

真っ黒な巨体がさらに近づいてくる。それが口からよだれを垂らし、目を狂暴に光らせ、角を振り立てている様子を見て、フランシスはたまらず悲鳴をあげた。その鋭い恐怖の叫びにこたえるように、ブレーキ音が響き、必死に呼びかける伯爵の声が続いた。

「フランシス、動くな！　とにかくじっとしているんだ！」

ありがたいことに、フランシスは彼に命じられたとおり、その場でゆっくりと気を失っていった。

重いまぶたを開けたとき、フランシスはまだ恐怖の名残を引きずっていた。周囲に白と金色の見慣れた光景があるのを見て取り、胸を撫《な》で下ろす。無事に館に帰り、安全でなじみ深い、愛情あふれる場所に戻れたようだ。彼女は安堵《あんど》のため息をもらした。

小さなため息だったが、鎧戸《よろいど》の下りた窓辺に立っている男性には聞こえたらしい。男性はこちらに背を向け、物思いに沈んだようにうなだれていたが、すばやく振り返ってフランシスに目を向けた。

男性は伯爵だった。伯爵には違いないけれど、フランシスには彼の様子がいつもと少し違っているように感じられた。緊張し、やつれ、日焼けした肌は血色が悪い。

「気分はどうだい、愛する人《ケリーダ》？」

声音も違っているし、ベッドに近づく動きも、相変わらずなめらかではあるものの、いつもの力強さが感じられない。

「大丈夫よ」伯爵の心配そうな様子を目にし、フランシスは涙ぐみそうになった。「何かあったの？」

彼女は眉根を寄せ、無意識のうちに遠ざけていた記憶を探った。

「ああ、思い出した！　気分が悪くなって、マリアが送ってくれると言ったのよ……それで、彼女の車に乗って……」恐怖感がよみがえり、フランシスは信じられないというように目を見開いた。力の入らない体を起こそうとしながら続ける。「ロム、マリアはわたしを殺そうとしたのよ！」

伯爵が手を伸ばして彼女を制し、そっとベッドに横たわらせた。

「マリアのことは、なるべく寛容な目で見てやってくれ」伯爵は深刻そうな口調で応じた。

フランシスの心は重く沈んだ。すると伯爵は、あれほどの行為さえ大目に見るほど、マリアを愛しているというのだろうか？　フランシスは絶望の涙を隠そうとして目を閉じ、じっと横たわっていた。

伯爵が静かに説明を始めた。

「マリアが精神的に不安定なのは、彼女が十代のころからわかっていた。ずっと親しい家同士だったから、もちろんぼくも、彼女の状態が世間に騒がれないよう、いろいろと力を貸した。医師たちは彼女の父親に、繰り返し請け合った。彼女が暴力的になる危険はない、と。まずい徴候が現れたら部屋に閉じこめ、一瞬たりとも離れずに誰かがつきそっていればいい、とね」伯爵は少しためらい、思い直したようにあとを続けた。「十八歳になったころ、マリアはぼくに恋していると強く思いこむようになった」

フランシスの胸の奥で何かがざわめいたが、やがて安堵のため息とともにおさまった。

「ぼくはマリアの父親に協力を依頼された。ぼくがマリアの気持ちにこたえるふりをする一方で、侯爵は娘に対して昔の貴族のような気むずかしい父親を演じ、彼のひとり娘にふさわしい男などどこにもいないと言い張る。そうすれば、彼女がぼくにプロポーズされたと誰かに自慢したりしても、すぐに父親が反対して結婚は実現しないということにできるし、嘘をついた彼女の罪もうやむやになる」

フランシスは顔を上げた。自責の念に駆られ、苦しげに光る瞳が彼女を見つめている。

「もう二度と、マリアに勝手なまねはさせない！　何がきっかけで彼女がおかしくなるのか、予想はできない。でも約束する、フランシス、今後はけっして、彼女にきみの安全を脅かすようなまねはさせない」言葉のひとつひとつに決意がこもっていた。

〝チカ・マードレ〟あの言葉が引き金になったに違いない！　マリアはそのふたことで一

線を越えてしまったのだ。フランシスは伯爵にそれを伝えたかった。けれど、彼の子どもを身ごもっていると知らせるのに、いまが適切なときだろうか？

フランシスは迷い、伏し目がちに伯爵をうかがった。そして彼の苦しげな表情を見たとたん、何もかも忘れてしまった。「助けてもらったときのことは何も覚えていない。でも、あなたは命がけで助けてくれたんでしょう。ありがとう、ロム。感謝してるわ」フランシスはほほ笑みを浮かべた。

伯爵が怒った顔になり、彼女の肩をきつくつかんだので、フランシスは驚いた。

「きみが礼を言う必要などない！　あれは自分のためにしたことなんだ。ぼくはまったく身勝手だった。きみという静かな存在に癒やされ、男がはくようなジーンズに隠された女らしい体を見ることに喜びを感じ、議論をすれば素直な考え方に負け、愛とは与えるものだと考える寛大な心に教えられた。いつの間にか、優しい灰色の瞳を持つきみに、すっかり心を奪われていたんだ」伯爵は不意にうめき声をあげた。「あのとき、妙な予感に襲われてマリアの車を追いかけなかったら、どうなっていたことか。もしもあと少しでも遅れて、襲いかかろうとしていた牛の注意をそらせなかったら、ぼくは自分の身をなげうち、みずからあの角に貫かれていたかもしれない！　愛しているよ、チカ・マードレ！」

伯爵はフランシスを抱きあげ、両腕でしっかりと抱き締めた。

「ずっとぼくのそばにいると約束してくれないか。きみが結婚式の夜に見せてくれたような愛情に値する男だと、もう一度証明するチャンスを与えてほしい」

それからずいぶん時間がたってから、フランシスは全身がわななくほどの喜びからようやく解放され、伯爵の腕に抱かれて、穏やかに身を横たえていた。

彼女は伯爵のこめかみの白い髪をそっと撫でながら、愛情深い口調で言った。「あなたが病気になるんじゃないかと心配だった。サベリタが飲ませたレモネードには、彼女が媚《び》薬《やく》だと主張するおかしな薬が入っていたかもしれないのよ」

伯爵がかすかに身じろぎし、彼の喉の奥から小さな笑い声がもれてくるのが聞こえた。

「あれが媚薬だとしても、べつにかまわなかっただろう?」

からかうような口調で言われ、フランシスは頬を真っ赤に染めた。そんな彼女を、伯爵は情熱的なロマのまなざしで見つめた。

「サベリタに文句を言うつもりはないよ、ケリーダ。このぼくには、まったく申し分のない効き目だったから!」

●本書は、2015年10月に小社より刊行された作品を文庫化したものです。

頬を染めた幼な妻

2022年2月1日発行　第1刷

著　者　マーガレット・ローム

訳　者　茅野久枝（ちの　ひさえ）

発行人　鈴木幸辰

発行所　株式会社ハーパーコリンズ・ジャパン
東京都千代田区大手町1-5-1
03-6269-2883（営業）
0570-008091（読者サービス係）

印刷・製本　中央精版印刷株式会社

定価はカバーに表示してあります。

 ISBN978-4-596-31672-1

1月28日発売 ハーレクイン・シリーズ 2月5日刊

ハーレクイン・ロマンス　愛の激しさを知る

億万長者は天使を略奪する　キム・ローレンス／麦田あかり 訳

家なき無垢な代理母　ジャッキー・アシェンデン／中村美穂 訳

ホテル王に隠した秘密　シャンテル・ショー／神鳥奈穂子 訳
《純潔のシンデレラ》

偽りのハッピーエンド　ジェニー・ルーカス／片山真紀 訳
《伝説の名作選》

ハーレクイン・イマージュ　ピュアな思いに満たされる

記憶をなくしたシンデレラ　ケイト・ハーディ／長田乃莉子 訳

白衣の下の片思い　イヴォンヌ・ウィタル／山本　泉 訳
《至福の名作選》

ハーレクイン・マスターピース　世界に愛された作家たち ～永久不滅の銘作コレクション～

闇の向こうに　ペニー・ジョーダン／高木晶子 訳
《特選ペニー・ジョーダン》

ハーレクイン・ヒストリカル・スペシャル　華やかなりし時代へ誘う

公爵への二度目の初恋　アン・レスブリッジ／琴葉かいら 訳

麗しの貴婦人と介添えの娘　アン・アシュリー／古沢絵里 訳

ハーレクイン・プレゼンツ作家シリーズ別冊　魅惑のテーマが光る極上セレクション

野の花に寄せて　スーザン・フォックス／藤峰みちか 訳

2月11日発売　ハーレクイン・シリーズ 2月20日刊

ハーレクイン・ロマンス　愛の激しさを知る

冷酷王子と秘密の子　ルーシー・モンロー／片山真紀 訳

神の子を宿した罪　アニー・ウエスト／山科みずき 訳

望まれぬ王妃　ケリー・ハンター／中野　恵 訳
《純潔のシンデレラ》

非情な救世主　ジュリア・ジェイムズ／藤村華奈美 訳
《伝説の名作選》

ハーレクイン・イマージュ　ピュアな思いに満たされる

百五十年秘めた愛　ピッパ・ロスコー／すなみ　翔 訳

ふたりで作る明日　エマ・ダーシー／森　いさな 訳
《至福の名作選》

ハーレクイン・マスターピース　世界に愛された作家たち ～永久不滅の銘作コレクション～

冬きたりなば…　ベティ・ニールズ／麻生　恵 訳
《ベティ・ニールズ・コレクション》

ハーレクイン・プレゼンツ作家シリーズ別冊　魅惑のテーマが光る極上セレクション

愛と言わない理由　リン・グレアム／茅野久枝 訳

ハーレクイン・スペシャル・アンソロジー　小さな愛のドラマを花束にして…

小さな秘密の宝物　ダイアナ・パーマー他／沖　多美他 訳
《スター作家傑作選》

品行方正な淑女が
恋におちたのは、
世にもセクシーな
放蕩富豪。
NYタイムズベストセラー作家
シャノン・マッケナ
ハーレクイン・ディザイアに
初登場！
その他人気作家の作品を
2月、4月、8月、10月限定で
スペシャル刊行
(D-1905)
完璧な大富豪との甘い密約
シャノン・マッケナ
新井ひろみ 訳
2月20日刊
ハーレクイン